IVY

Lou Valérie Vernet

IVY

Thriller

Paru sous le titre « Matricule 2022 »
Chez M+éditions.

Édition : BoD – Books on Demand, info@bod.fr
Impression : BoD – Books on Demand, In de
Tarpen 42, Norderstedt (Allemagne)
Impression à la demande

ISBN : 978-2-3225-4351-9

Dépôt légal : Juillet 2024

Pourquoi nous souvenons-nous du passé
Et non pas du futur ?
Une brève histoire du temps
Stephen Hawking.

Chacun de nous a son histoire
Et dans notre cœur à l'affût
Le va-et-vient de la mémoire
Ouvre et déchire ce qu'il fut.
« Nul ne guérit de son enfance ».
Jean Ferrat, 1990.

«

X : Pourquoi avez-vous fait ca ?

Y : Vous le savez bien.

X : Ce n'est pas très malin ? Il y avait peut-être une autre solution ?

Y, du tac au tac, énervé comme si c'était encore possible de l'être.

Vous savez bien que non. C'était même la seule solution. Et je suis content.

X, affligé.

Mais à quoi cela sert-il ? Vous n'allez même pas en profiter.

Y, affligé plus encore.

Vous ne comprenez vraiment rien. C'est tout l'intérêt. Mourir pour qu'elle vive. C'est encore mieux. Ça rachète tout.

X : Mais ce n'était pas à vous de décider…

Y, l'interrompant.

Pas à moi de décider. Vous rigolez. À qui alors ? À Dieu ? À son bon vouloir ? Selon son timing ? À vous peut-être ? Vous vouliez me voir souffrir. Agoniser. Ne plus en pouvoir.

X, choqué.

Non. Évidemment non. Comment pouvez-vous dire ça ? J'ai tout fait pour vous. Tout. Même si vous ne m'avez pas beaucoup aidé.

Y, tout sourire.

Alors vous devriez être content parce qu'elle va vivre et qu'elle est bien meilleure que moi.

»

PREMIERE PARTIE

IVY

I

La colère en point d'appui, lancinante depuis toujours, en soubresaut parfois, volcanique aujourd'hui.

Il fallait bien qu'elle explose, qu'elle s'incarne, qu'elle fustige ses proies.

Il était temps !

Sous couveuse depuis des lustres, c'est l'heure de la naissance. La troisième. La vraie cette fois-ci. La plus puissante.

Au diable les dénis, Ivy ouvre enfin les yeux. Et la liste est longue. Il y a longtemps qu'elle a hiérarchisé les sept charognards et demi qui hantent ses pensées. Pendant des années, ils n'étaient que cinq mais depuis peu, c'est décidé, ils seront sept et demi.

Aujourd'hui, elle a ouvert une vanne alors que d'habitude, elle retombe sa colère. C'est bien ça le piège d'ailleurs. Une colère molle, bien enfouie, sans ressort, larmoyante, insipide. Lâche.

Mais ça, c'était hier.

Aujourd'hui, sa colère est une entité quasi omniprésente, dure comme de la roche, au souffle long. Forte comme une armée. Gonflée à bloc.

Ivy s'est préparée minutieusement et elle a tracé tout droit. Sans se retourner. La liste de ses sept charognards et demi s'est affichée dans son champ de vision au fur et à mesure qu'elle enquillait les kilomètres. À huit heures du soir, elle frappait à la porte des origines, là où son enfoiré d'oncle, avachi sur le canapé, finissait son troisième pack de bière de la journée. Elle voulait le choper à temps. Il n'était pas question qu'il soit trop dans les vapes ou en train de s'astiquer le bourgeon devant un porno ou pire, absent, comme souvent, en route vers sa dernière défonce dans un bouge quelconque.

L'heure de la vengeance avait sonné. Fin du sursis. Avec sa tête de fouine, son regard fourbe, son odeur de putois, sa truffe supérieure au moment de dégainer son ceinturon, le vicelard allait passer un sale quart d'heure. Peut-être moins d'ailleurs.

Avec ce qu'elle avait dans les mains, la fin serait rapide. Efficace. Sans bavure.

En prévision, un pistolet automatique 6 coups, noir-argent et comme une facétie provocatrice, une culasse rose. Presque un bijou. Au design élégant et féminin.

De loin, on pouvait presque croire à un jouet mais le site précisait bien le contraire, en le comparant même à un Beretta 85. Aucun doute possible, un calibre 9mn blanc qu'on pouvait aussi charger de Gaz CS. Que du faux, du bluff. Bruit dissuasif ou gaz irritant, dans les deux cas, le gus allait se recroqueviller comme un fœtus ou chialer comme un môme mais, certainement pas, mourir.

Par contre, il serait choqué assez longtemps pour qu'Ivy se rapproche et l'immobilise avec son poing électrique Tiger Stun 2 500 000 V, muni, si elle le jugeait utile, d'une lampe flash à 6LED. La suite et fin se feraient à l'ancienne. Dans un dernier corps à corps. D'où, cette fois-ci, elle sortirait victorieuse. Elle savait ce que le vieux avait de retors. Elle ne devait laisser aucune place à l'improvisation. Sa détermination était sans faille. Son plan parfait.

1/ Entrer sans frapper.

2/ Où qu'il soit, tirer. Elle s'était entrainée, l'illusion était parfaite.

3/ L'immobiliser.

4/ Le regarder droit dans les yeux.

5/ Ne rien dire.

6/ Attendre, au moins une minute pleine.

Et 7/ Enfin, l'achever.

Entre le 3/ et le 6/, le temps devait défiler pour toutes les fois où. Le salaud avait beau avoir un cerveau gorgé de vinasse, elle était sûre que sa mémoire fonctionnerait à mille à l'heure. Une minute c'était suffisant. Elle n'avait aucune velléité d'être plus cruelle que lui. Elle ne voulait pas passer des heures à le torturer et refaire l'histoire. Son retour neuf années après suffirait largement pour créer un choc et mettre le film en marche.

Toutes les fois où il l'avait battue et l'unique fois où il l'avait violée.

Car après elle s'était enfuie.

De victime, elle allait passer en mode bourreau et c'était foutrement légitime.

Elle venait finir ce qu'elle n'avait même jamais commencé mais tant de fois imaginé.

Son oncle en premier.

Les six autres et demi dans la foulée.

2

Dans sa vie, Ivy a eu plusieurs avant et plusieurs après. Des instants T, des jours J et de pénibles semaines voire mois, sans.

Des abandons. Des fuites. Des paliers. Des étapes. Des processus. Des sept fois à terre, huit fois debout mais jamais comme ce jour-là.

Jamais comme cette seconde où son cœur avait implosé. Où après l'avoir senti s'éteindre, rendre son dernier souffle, l'emmener vers la mort, il lui était revenu plus puissant, plus fort, plus armé, plus courageux. Où elle s'était sentie mourir puis renaitre. Où elle l'avait senti battre dans son corps comme une arme indestructible.

Ce battement-là et les suivants l'avaient métamorphosée. Elle s'en souvient très bien. Dès son réveil, ce nouveau cœur avait pris la place. Toute la place. Un sentiment puissant, électrisant s'était propagé en elle.

Pour la première fois de sa vie, elle s'était sentie remplie, forte, neuve. Ce fut un instant magique. Immédiat. Comme une certitude. Quelque chose venait de naitre à son insu. Une force nouvelle, des envies, des idées, tellement à l'opposé de ce qu'elle avait toujours été. Depuis elle se sentait vivante. Déterminée. Consciente. Elle n'avait plus jamais peur, plus jamais mal. Elle écoutait son cœur et lui seul savait.

Il lui dictait quoi faire et comment le faire. Elle n'avait plus à se poser de questions, elle qui s'en était tant posé. Son cœur parlait pour elle. Il était devenu sa voix intérieure.

Elle n'avait qu'à agir, suivre ses instructions. Il avait une connaissance d'elle et de ses possibles qu'elle-même n'avait jamais soupçonnés. Il parlait clair. Sans jamais douter.

Comme si tout était tracé depuis longtemps.

25 ans pour enfin en arriver là : la rage au ventre et une haute estime de ce que devait être la justice. Un idéalisme frisant l'utopisme. Une jeunesse sourde à tout raisonnement qui ne parte pas des tripes et du cœur. Un engagement à 100%. Une foi comme il n'en existe encore qu'à cet âge.

Avant que la bascule du renoncement ne soit saturée par trop de déceptions, d'écœurements, de lassitudes, d'expériences.

Elle croyait encore y échapper. Avait attendu neuf ans. Un 14 février.

Comme une date butoir.

Pour tout régler.

3

En guise de maison, un camping-car posé sur cale dans un jardin miné, totalement isolé, à plus d'un kilomètre de la dernière habitation visible. Le feu a tout ravagé. La pleine lune projette un halo fantôme qui n'épargne rien. Ni les trainées de suie en traces épaisses où un doigt vengeur a signé le mot « assassin », ni les quatre murs noirâtres, encore moins les courants d'air de vide qui semblent être pris dans ce labyrinthe spectral. Plus de toit, plus de fenêtres, plus de porte. Une ruine laissée en l'état. Avec encore éparpillés des vestiges gorgés de terre, d'eau, d'usure. Un lit rouillé. Des lambeaux de vêtements. Des bouts de planches qui rappellent peut-être une table ou une armoire ou un meuble, les trois à la fois, disloqués, arrachés de leurs gonds, pillés, refourgués ailleurs et tellement d'autres squelettes de ce que quelqu'un avait sûrement voulu sauver des flammes sans y arriver. Au milieu, comme une anomalie, trône presque flambant neuf ce qui, en s'approchant, ressemble plus à un fourgon aménagé qu'à un camping-car. L'endroit semble habité. Un morceau de tissu mauve masque les fenêtres. Une antique guirlande de Noël clignote sous une espèce d'auvent qui semble avoir été rajouté comme le marchepied en bois qui mène à hauteur de la porte centrale. Un fond sonore, sûrement le son d'une télé et sinon, un silence de désolation. Qui avec la nuit englobe l'endroit d'une aura lugubre.

C'est maintenant là que vit l'oncle d'Ivy depuis que toute sa vie a brûlé dans l'incendie. Toute sa vie ? C'est-à-dire rien. Il y a longtemps que l'homme n'est plus dupe. Chaque jour à chaque bouteille, il s'en souvient puis il oublie. Il n'a plus rien à reconstruire.

L'argent de l'assurance a servi à l'achat du van, un V65 XL d'occasion duquel il a ôté le moteur et les roues. Il finira comme ça. Sans pouvoir repartir. Sans que personne ne puisse le chasser ou ne le vole. C'est peut-être son dernier doigt d'honneur, une ultime provocation mais il s'en fout.

La mort il y a longtemps qu'il l'attend. Ses ennemis peuvent revenir. Il les laissera faire.

4

Il y a cet instant d'abomination entre le moment où la porte vole en éclats, où Ivy pénètre dans le camion, où elle discerne la silhouette de son oncle avachi, sans réaction, devant la télé allumée, qui manque de tout faire foirer. Une seconde d'éternité où il lui semble arriver trop tard. Où elle a l'impression qu'on lui vole sa vengeance, son plan. Où son cœur fait un bond dans sa poitrine sans arriver à se stabiliser.

Vu comme ça, l'enfoiré est déjà mort. Tout d'un bloc. Comme un con, souillé de pisse, étouffé dans son vomi. Et puis, il y a la seconde d'après, où l'homme devenu vieillard, miteux et flasque, se redresse et les yeux épouvantés, tente de comprendre ce qui lui arrive. Où comme par magie, devant sa gueule de travers, ses cheveux blanchis, sa mine complètement défoncée, tout redevient fluide, presque facile. Aussitôt Ivy fait feu et sur une distance aussi courte, l'effet est immédiat. Aucun dégât mais un boucan du diable qui tétanise le vieux.

À partir de là, tout devient sublime. Trois pas entre l'entrée et le canapé. Trois pas qu'elle parcourt sans quitter l'homme des yeux. Elle voit bien qu'il ne la reconnait pas. Qu'il est surpris. Qu'il semble chercher en lui qui de ses adversaires est arrivé le premier. Alors elle s'approche encore plus près, jusqu'à sentir son haleine de vieil ivrogne lui exploser les sinus et de tout son regard où brille une lumière froide, elle lui balance le gris-vert de ses pupilles au fond de ses orbites creuses en même temps qu'une décharge de 2 500 000 volt. Lentement, comme un effarement progressif, presque irréel, étape par étape, elle voit sa bouche se distordre et comprendre. Elle pourrait presque entendre sa tête penser à toute vitesse, vouloir poser des questions, puis en être empêchée.

Elle la tient sa minute exemplaire. C'est encore mieux que tout ce qu'elle avait imaginé. Elle perçoit la panique dans ses yeux. L'incompréhension. Le chaos. La lumière qui vient tout éclairer. Et puis aussitôt le mépris. Le dégoût. La haine. Et enfin le rejet. Tout ce qu'elle a déjà subi mille fois enfant, le pouvoir en moins et ça change tout. Cette fois-ci, c'est elle qui est du bon côté. Et ça lui fait comme un shoot d'adrénaline en plus. Une jouissance supérieure à tout ce qu'elle a pu connaitre. Cette minute pourrait durer des heures que ça n'en serait pas meilleur. C'est comme une suprématie. Une certitude que ça y est, cette fois-ci, tout est remis à sa place. Elle pourrait vouloir la faire durer mais au loin, un cri de bête retentit et pour Ivy c'est comme un déclic. Qui la sort de sa transe. La minute est achevée. L'homme n'aura pas eu le temps de parler. Encore moins de tout comprendre.

Le geste est rapide, précis, efficace.

Une aiguille. Un anesthésiant à dose létale.

Une jugulaire.

5

La mort sous les traits d'une femme.

Est-ce une justice divine ?

Un dernier pied de nez à sa misérable vie ?

La farce d'un diable ou d'un démon ?

D'une revenante ?

La mort apprêtée comme pour aller danser au bal. Les cils repoussés jusqu'au ciel. Un brillant au cou qui scintille et attire d'emblée le regard. Qu'il lui semble reconnaitre. Rien qu'un faux semblant, pacotille d'anniversaire. Et puis, une robe trop légère pour la saison sous un manteau de laine bleu. Une sorte de grâce et de maladresse aussi. Quelque chose qui détonne. Dans le geste, à cause de l'arme ou le déhanché, pas si couture que ça. Une ressemblance toujours. Comme un passé lointain. Qui saute au visage et pourtant questionne.

Impossible. Et pourtant là.

La mort grimée d'une large couche de fond de teint. Un peu trop peut-être. Pour cacher les laideurs du temps, de la peau. Pas si nette cette peau. Pas totalement défaite de sa gangue originelle. Et cette chevelure. Noir corbeau. Qui ondule par endroit. Manque le doigt qui s'enroule autour d'une mèche, un pouce dans la bouche.

L'enfance derrière le masque. Cette gueule d'ange. Tout le portrait de sa mère. Cette haine qui renait instantanément. Jalousie primaire. La mère et donc sa sœur, la petite dernière, la préférée et lui, le laissé-pour-compte.

Heureusement la vie a redistribué les cartes. Elle est bien morte cette salope. Il le sait. C'est lui qui a creusé le trou, à chaque castagne, à chaque humiliation, à chaque fois qu'il en avait envie.

Non pas envie, besoin serait plus juste.

Comme une nécessité vitale.

Faire mourir l'autre pour ne pas mourir à soi.

Jusqu'à aujourd'hui.

6

Une heure plus tard, Ivy gare sa vieille Volvo aux abords d'un bois. Elle sait où elle va, ne sait pas où elle est. Elle a suivi les indications de son vieux *TomTom* mais n'a rien vu du voyage. Trop occupée à se repaître de sa réussite. Mille fois elle a revécu comme dans un rêve son entrée fracassante et sa sortie victorieuse. Elle a roulé en mode pilotage automatique, comme une somnambule, le corps associé à une volonté mécanique, l'esprit en apesanteur et n'a rien ressenti d'autre, pendant tout le trajet, qu'une immense fierté.

Pour une fois, la vie lui a paru magique, juste, à sa place. Le monde enfin meilleur, débarrassé du mal.

Elle n'a pas seulement vengé son enfance, sa mère, des années de galère. Elle a aussi vengé tous ces gens qui ont dû croiser le chemin du vieux et le haïr au point de vouloir ruiner sa vie. L'incendie et l'inscription sur le mur le prouvent. Le seul regret d'Ivy, avoir pris tant de temps. Avoir eu si peur. La faute à ce cœur si lent, si misérable qui l'a accompagnée toutes ces années. Mais c'est fini, maintenant elle se sent forte. Et prise dans l'élan sait que plus rien ne l'arrêtera.

Elle ira jusqu'au bout.

Il faut juste qu'elle se repose.

Et pour cela, tout est prévu.

Sa Volvo l'accompagne depuis tant d'années qu'elle n'a qu'à tendre la main, incliner le siège passager, recouvrir son corps d'un douillet sac de couchage et dans trente secondes, peut-être moins, elle dormira. Ici, la pleine lune ne transparait pas. Les arbres, hauts et denses, camouflent son coupé sport de 2012. Son allié depuis dix ans, couleur bleu azur. Comme ses rêves. Sa fuite. Sa liberté. Un antique souvenir, vestige de son évasion, le jour où. Volé à son oncle. Jamais rendu. Jamais réclamé non plus. Il a dû se dire que c'était le prix à payer. N'a pas cherché à porter plainte. Trop peur que cela se retourne contre lui. Jusqu'à cette nuit, il a même dû croire que les comptes étaient réglés et si le cœur d'Ivy n'avait pas volé en éclats pour renaitre, il aurait eu raison. Elle ne serait jamais revenue.

Alors le monde aurait continué de porter le mal absolu. Absolu parce que tellement ordinaire, noué dans la trame de la vie, à chaque carrefour de toute existence. L'envie. Qui fait de l'homme, un être dupe de sa propre cruauté et de la femme, une poupée de chiffon sale.

Mais tout cela est derrière Ivy maintenant. Le compte à rebours est enclenché. Même si elle se sent épuisée, elle est heureuse. Alors elle s'endort. Comme repue. Du sommeil du juste. Et dans son rêve, sa mère apparait. Un sourire comme un jour nouveau. Chaud comme l'été. Aussi beau qu'un arc-en-ciel après la pluie. Enfin vivant et même espiègle.

Son regard, l'air de dire « là, tu m'as bluffée…
et maintenant… ».

Et maintenant, la route est ouverte. Ivy le sait.
Sa mère ne sera pas déçue. Elle aimerait le lui
affirmer mais c'est un rêve sans parole. Juste son
visage rayonnant. Une telle découverte. Aucun
souvenir, aucune photo ne le lui a jamais montré
ainsi. Comme si la mort qui l'habitait avait disparu.
Et qu'elle était enfin réhabilitée.

Rendue à sa vraie nature. À son entièreté. À son
âme intacte. À sa beauté réelle.

Ivy en a le souffle coupé. Elle a presque envie
de pleurer. Elle sait que c'est un rêve et que pour le
faire durer, elle doit dormir. Encore. Ne pas se
réveiller. Profiter de sa mère.

À portée de main, de souffle, d'un baiser.
Comme elle osait encore enfant. Quand c'était
encore possible.

Avant que la misère de sa vie ne la roue de
coups et ne la précipite dans la mort.

7

À peine quatre heures de sommeil, largement
suffisantes. Ne pas se ramollir. Ne plus se réveiller
en sanglots. Ne pas retomber dans le piège de la
souffrance. Du ressassement.

Sa mère morte. Son beau visage ruiné. Ses
pommettes défoncées. Sa vie saccagée. Toutes ces
années, ça n'a pas fait avancer les choses.

Plutôt trouver une station essence ouverte dans
cette région paumée et se remettre en selle. Boire

un café, long, sucré puis un court, serré, sans sucre. Une manie qu'elle a gardée du temps de la clope. Quand elle avait encore le droit de fumer. Elle ne pouvait pas tout arrêter non plus. Plus de nicotine mais une bonne dose de caféine. Et sûrement ces madeleines aux fruits confits qui fondent dans la bouche et lui rappellent que oui, parfois le bonheur se mange à pleines dents. Le second charognard sur la liste, elle va le surprendre au saut du lit. Il lui reste deux bonnes heures de route. De quoi se souvenir encore. Une dernière fois. D'arriver la rage au ventre. La certitude ancrée.

Son six coups bien en main.

Sa seringue prête à l'emploi.

Même protocole, même punition, une extermination pure et simple.

Entrer sans frapper, tirer si nécessaire, plutôt choisir de l'immobiliser avec son poing électrique, rose fuchsia lui aussi et définitivement, l'achever.

Pas de fantaisie.

De signature. D'acharnement. Pas de message laissé aux bons soins des flics qui les mettrait sur sa piste ou les ferait dériver pendant des jours. Elle règle ses comptes. Ça ne regarde personne. Que ces sept charognards et demi et elle.

Qui irait lui courir après pour des gens si ordinaires, dont la réputation n'est plus à faire ?

Une simple enquête dira ce qu'il y a à savoir. C'étaient des salauds. Ils l'ont tous mérité.

Étonnant que ce ne soit pas arrivé plus tôt.

Bien de la chance déjà qu'ils soient morts dans leur sommeil.

8

Il y a des gens qui ne méritent pas une ligne dans le grand livre de la vie et encore moins sur une page d'histoire. À peine plus dans un entrefilet en bas de page. Et certainement pas en héros dans un polar. Ou alors au climax, quand le moment vient de bouffer le cœur pourri du méchant, de le déchiqueter avec les dents, d'en faire de la bouillie tout juste bonne à donner à un chien galeux. Et même et encore, il y en a qui ne méritent rien.

Que de se voir crever, encore et encore, en vagissant et en suppliant alors que la dernière minute s'éternise. Ivy n'a aucune pitié.

Ce rebut de l'humanité a déjà trop vécu. Le second sur la liste. Après l'oncle. Et pour cause.

À l'époque, ils étaient frères d'armes. Copains comme cochons. De vrais porcs. Jamais l'un sans l'autre. L'un l'a tenue, l'autre l'a violée. Et puis ensemble, ils ont recommencé. Alternance, même violence.

Évidemment, au bout de neuf ans, lui aussi semble surpris. Il cherche à mettre un nom. Force sa mémoire. La petite minute d'étincelle où tout se joue. Le lobe pariétal en pleine anarchie, l'hippocampe en déroute et le regard d'Ivy plongé dans le jaune malade de ses yeux. Puis, l'instant du déclic, où il comprend, où il voudrait crier, ouvrir la bouche, où la seringue se plante et où bientôt tout s'arrête.

Ivy qui pousse un soupir long comme sa vie. Comme si toutes ces années elle s'était retenue de respirer. Et presque aussitôt, l'image de sa mère.

Son regard lumineux. Qui s'impose devant Ivy alors qu'elle repart sans se retourner.

Là, devant elle, appuyée contre sa berline, sa mère, radieuse. Comme si elle avait repris vie. À chaque trépas, une part d'âme qui lui revient. Et Ivy aussi. Puissante comme jamais. Qui sourit. Et démarre dans un état second.

Le jour à peine levé. Une brume enveloppante. Comme un manteau d'hiver posé sur le chemin.

La route fluide. Sans alerte. Des gestes mécaniques et le souvenir de l'homme, agonisant, impuissant, à sa merci.

Une délivrance.

9

Pauvre hère qui n'aura rien fait de sa vie que de réduire en poussière tout ce qu'il a touché. Une méchanceté de base. Qui ne s'apprend pas. Ne s'enseigne pas. Qui est là. Déjà tout mioche. Tout moche. Qui s'apparente à une lucidité, découverte très jeune, qui l'a rempli de fureur. Qu'il a nourrie à l'excès.

Quoi faire d'autre ?

Comment faire autrement ?

Pas de femme à aimer. Que des femmes à mépriser, à prendre, à posséder. Qu'on paie ou qu'on viole, c'est idem. Même pas des femmes, de simples viscères qui viennent nourrir le fond des tripes de l'homme. La luxure comme antidote. Comme calmant.

Pour un peu de repos. Entre chaque crise.

Parce qu'il faut bien tenter de vivre même si la mort est préférable.

Tant d'années de vices et toujours ce foutu discernement. Même pas idiot ou débile ou fou. Seulement clairvoyant. Écœuré de lui-même. Qui n'a jamais su s'en prendre qu'aux femmes parce c'est ainsi que ça se passe. Souvent. Toujours. Dans ces territoires-là. Ceux du père tout puissant et de la mère soumise. Une seule race à reproduire. Une caricature comme il en existe trop. La lie du monde. Qu'on laisse pourtant se dupliquer. En espérant que... La vie se chargera de rendre justice. Même pas en rêve.

La moitié de la vie de l'homme en taule et pas la moindre amélioration.

Il était né ainsi. Il faut savoir le dire et l'accepter. Mais c'est fini. Enfin. Soulagement des deux. Dans un même souffle long comme l'envie qu'ils avaient que ça s'arrête.

L'homme à bout de cet ersatz de vie.

Ivy au commencement.

10

De : IEL@gmail.com
À : opinions@lemonde.fr
Objet : 1ère vidéo

Un jour, la terre se creusera de l'intérieur. Il y aura ni fissure, ni craquement sourd, ni tremblement d'aucune sorte. Rien qui n'avertisse personne. D'un coup, alors que chacun sera à son ouvrage, en train de dormir ou de travailler, de fumer, de danser, de parler, de naitre et même de baiser, la terre s'ouvrira brusquement par le milieu. Apparaitra aussitôt un trou géant comme un énorme siphon qui entrainera tout le monde jusqu'à son magma intérieur. Et personne, je dis bien personne ne pourra en réchapper. Aucun Dieu, ni miracle, ni héros de dernière minute. Il y aura une immense et rapide aspiration de tous les hommes, de toutes les bêtes, et de la moindre particule. En quelques minutes, ou peut-être plus - et alors ça prendra des heures et ça sera horrible - tous seront aspirés broyés, fusionnés, incendiés.

« Gloups la vie… Finito ».

Quand il ne restera plus rien en surface, et seulement à ce moment-là, alors de la même façon que la terre s'est ouverte, elle se refermera. Dans un clap de fin brutal et définitif, l'espèce humaine aura disparu. Et quand je nomme l'espèce humaine, je parle de cette engeance souffreteuse qui la piétine (piètre euphémisme) depuis des siècles. Rappelez-vous, aucun rescapé.

Le monde enfin redevenu neuf. Silencieux. Nu. Vierge. Et voilà, ça en sera fini de cette course contre la montre. De tous ces cycles de réincarnation - naissance, survivance, mort. De la maladie. De l'abjection. De l'ignominie.

Ça en sera fini d'imaginer, qu'à chaque seconde, on ne parle pas de minutes là, on est bien d'accord mais de putain de secondes, plus de 900 viols et 500 homicides sont perpétrés, le plus souvent dans une totale impunité.

Oui, à chaque seconde.

Que des milliers de victimes sont massacrées dans des conflits armés qui n'en finissent plus d'ouvrir le ventre des mères à la hache. D'exciser les enfants. D'asservir les plus pauvres. D'autoriser des bidonvilles de vieillards agonisants. De saccager le fond des océans. D'asphyxier le moindre horizon.

Et voilà, d'un coup, d'un seul, ça en sera fini. Quand la terre rugira une seule et unique fois, vraiment, en grand, de toute sa fureur, du fond de son geyser, et qu'elle nous aspirera tous.

Gloups. Finito. Retour au bercail. Dans le magma. Le feu. Les origines. La mort.

11

Acte III, la voisine au portail bleu.

Qui a su. N'a rien dit. Qui a fermé les yeux.

Mais qui a tout vu.

Une sale lâche. Une de plus, une de trop.

Et bientôt une de moins.

Ivy a vérifié, elle n'est pas morte, 76 ans et toujours debout. À croire que la mauvaise graine est coriace. Cadenassée toutes ces années derrière ses volets, son portail, sa porte blindée. Peur de tout, la vieille. Que la sale engeance s'attaque à elle. S'en prenne à son pavillon de banlieue. Ses sous.

Son vieux corps chiffonné. Son châle tout délavé.

Elle qui savait. N'a rien dit.

À fermé les yeux.

Elle qui aurait pu au moins téléphoner. Prendre sa voiture. Aller dans une autre ville. Faire une déclaration anonyme. Oser dire non.

Mais qui s'est tue. A tout vu. A fermé les yeux.

Une fois par mois, l'oncle. Érigé en grand frère qui protège sa petite sœur. Fille mère. Sale pute. Dévergondée. Qui venait chaque mois chercher son dû. Le prix à payer pour assurer sa protection. Un salaire de misère qui ne suffisait pas à arrêter de faire pleuvoir les coups. Et la voisine qui, ce jour-là, se barricadait, rideaux tirés, lumière éteinte. Et pourtant aux aguets. Ivy le sait, un jour, elle l'a vue. Qui détournait la tête. On entendait la musique, plus fort que les cris de ma mère. Une grosse voix. Dans une langue inconnue.

Plus tard, elle l'a entendu à la télé. Cet air entêtant qu'elle n'avait jamais oublié. Un opéra. La Traviata. Le genre qu'écoutent les gens bien. Les cossus.

Pas difficile de la retrouver la mégère. C'est la seule qui n'a pas encore déménagé. Toujours dans sa maison bourgeoise. Qui a bien perdu de sa superbe pourtant. Jardin à l'abandon. Volets délabrés. Peinture écaillée. Toiture envahie par la mousse. La seule maison du quartier qui tient encore debout. Et pour cause.

Tout a été rasé. Gommé. Effacé. La rue, le bouge de sa mère. Son enfance. Sauf le portail bleu de la voisine. Et sa maison en sursis. Comme un champignon vénéneux que personne n'ose approcher. Incongrue au milieu des premières grues. Bientôt s'élèvera un centre commercial avec un immense parking. Exactement là où Ivy dormait, jouait, rêvait, pleurait. En plein dans le mille de sa mère morte. Reste, dans un combat voué à l'échec, sa voisine. Qui a tout perdu dans le bras de fer avec les promoteurs. Argent, temps, relations. Et pourtant, elle se l'est juré. Elle les fera cracher au bassinet.

Avarice.

Péché ordinaire.

Le même qui lui a fait détourner les yeux à chaque fois qu'Ivy ou sa mère recevait sa raclée. Quand on ne sait pas tendre la main, le cœur s'assèche. La pitié se tait. La compassion disparait. Reste dix doigts noueux au fond des poches qui prient chaque jour pour qu'un portail bleu suffise à protéger de la misère et de la gangrène des pauvres. Mais pas des promoteurs. En déplaise à cette chère Madame Brevet comme il est écrit sur sa boite aux lettres, *stickée* d'un antique « Ni pub. Ni colporteurs ».

Ivy n'a pas frappé à sa porte. Elle est passée par derrière. Une arrière-cuisine qu'il lui est facile de crocheter. Elle n'est plus une enfant. Elle a appris. Ça et d'autres choses. Assez, en tout cas, pour mener son expédition punitive à son terme.

La vieille garce est dans la salle de bains. Ivy entend le son grésillant d'un vieux transistor. Calé, elle en est quasi certaine, depuis 30 ans, sur RTL. Ça va de pair avec la déco marron orangé, les fleurs du papier peint de la chambre à coucher, les bahuts de bois brut, hauts jusqu'au plafond, la porcelaine derrière les vitrines, et les dizaines de puzzles sous cadre, accrochés aux murs, dans l'enfilade de l'escalier.

C'est la première fois qu'Ivy pénètre chez sa voisine. La première fois que sa vie lui saute au visage comme un poids mort. La première fois depuis qu'elle est partie en guerre qu'un doute la saisit.

Et puis elle voit, posé sur une commode, un objet qu'elle reconnait. Et dans son ventre, un hoquet. Dans son cœur, un sursaut. Dans ses yeux, une unique grosse larme pour des heures de chagrin jamais consolé.

Un train vert, avec sa locomotive et ses trois wagons. Un cadeau de sa mère. Pour ses quatre ans. Qui a disparu un jour. Des semaines à le chercher pour finir par le trouver là, des années plus tard. Peut-être un jour où son oncle a tout jeté en l'air.

Le train aura volé au-dessus du portail.

Et la voisine l'aura gardé.

Comme un trophée.

12

Un seul regard et la voisine sait. Elle a toujours su. Que ça finirait comme ça. Pour l'enfant et pour elle. Même pas un duel, ni un face-à-face, une juste rétribution.

Bigote, pingre mais pas conne la Brevet.

Seule sur le lino jaune de la salle de bains, elle vit ses dernières minutes. Il ne se passe rien. Qu'une sorte de grand vide. Pour une fois, une seule fois, elle lâche prise.

Qu'est-ce qu'elle pourrait faire d'autre ?

Le regard de la femme n'avait rien de tendre. Aucun doute, aucune compassion à en attendre. Elle l'a laissé faire. À la seconde où elle l'a reconnue, elle a abdiqué. C'est bien la seule fois de sa vie. Et ce n'est pas si terrible en fait.

Enfin, elle n'a plus à compter, à prévoir, à anticiper, à garder, à contenir. Elle peut tout relâcher. Chaque pensée, chaque membre de son corps endolori. Elle voudrait sourire, elle qui a grincé des dents toute sa vie. Elle sent que c'est possible, là, maintenant dans ce relâchement, cette espère de délivrance qui dénoue tous ses nœuds. La première fois qu'elle se sent en vacances d'elle-même. Rien à faire, juste se laisser aller. Partir. Rejoindre le grand tout. Dieu. Sa miséricorde.

Qui saura lui pardonner. Elle demandera l'indulgence. Nul doute qu'elle ne l'obtienne. Lui seul sait pourquoi, comment elle en est arrivée là. Ce qui a fermé son cœur. Ce qui l'a conduite à laisser faire.

L'histoire du petit train vert.

Elle ne se cherche pas d'excuses. N'en a pas. Mais Dieu est bon. Il saura comprendre. Elle intercédera pour la pauvre enfant aussi. Tout compte fait, la mort est une bénédiction. Cette pauvre fille lui rend service.

Toute sa vie n'aura été qu'une lutte.

Comme il est vain de croire que quiconque puisse gagner.

Au fond, tout ça, c'est la faute à l'amour. Le grand comme le petit. Le faux ou le vrai. Le donné, le reçu, le repris. L'absent comme l'omniprésent. Celui du chaos et du désordre. De l'assouvissement. Filial ou marital. Fraternel ou de sororité. À tort et à travers, en dedans, l'amour comme un des trois piliers fondateurs du monde, avec le sexe et l'argent.

Galvanisant ce trio qui fait tourner l'univers et les êtres, complètement maboul.

L'Amour, avec son A immense, qui cache la forêt de la plus parfaite perversité.

Cette banquise du cœur qui blesse à tour de bras, impunément, depuis des siècles.

Cette balafre jamais cicatrisée, en perpétuelle démangeaison.

Ce défi de toujours faire mieux que son prochain, sa mère, son père, sa sœur, sa copine. Mieux que la fois d'avant. Qui n'apprend rien d'autre à l'homme que sa propre vulnérabilité et sa détresse d'avoir un jour été mis au monde. Lesté de son giron.

Rendu à la poussière.

Personne n'en sort indemne et chacun commet en son nom toutes sortes de petites ou grandes aberrations. La voisine comme l'oncle et même Ivy. Victime du plus grand fléau de l'humanité. Pandémie sans antidote. Maladie incurable.

L'amour. Qui laisse un goût amer à la vengeance d'Ivy car cette fois-ci, sa mère ne lui est pas apparue.

Elle a bien vu que la femme n'a pas lutté. Une minute de grande déception. Comme si elle avait accepté son sort, et par là même, gagnante une dernière fois, lui avait volé le fruit de ses représailles. Aucun effroi dans ses yeux. Ce corps flasque et nu, sans pudeur. Comme s'il était trop tard pour encore avoir peur de le mettre en danger.

Au contraire une lumière malicieuse dans sa façon de défier Ivy. Certaine d'être absoute de tous ses crimes par un crime plus grand encore.

La colère d'Ivy.

Tellement prévisible.

14

Une grande lassitude. Dès les premiers kilomètres. S'éloigner comme à chaque fois. Mettre de la distance. Et puis s'arrêter. Être tentée de rebrousser chemin. Lui faire ravaler son sourire de sorcière à la Brevet.

Respirer. Attendre. Ne pas revenir en arrière. Rester ici. Dans cette ruelle vide. Prendre le temps. Respirer encore. Ne pas se laisser désarçonner. La perfidie de la voisine est une glu qui ramène Ivy à l'enfance. Quand elle avait admis la division du monde.

Non pas simplement les gentils et les méchants. Mais ceux qui sont ce qu'ils sont et font ce qu'ils ont à faire et les autres. Moins binaires, aux contours plus flous. Dont on ne sait jamais ce qu'ils pensent.

Les faux gentils.

Bien plus triviaux et pernicieux que les méchants. Au moins l'oncle et son copain larron, on savait de quel bois ils étaient faits. Pas d'entourloupe. De vraies brutes. Mais la vieille, pire qu'un bâton merdeux.

Loin d'être un exemplaire unique. Comme le prochain sur la liste. Monsieur psy.

Le premier qu'Ivy ait vu quand à 12 ans, elle avait fait une tentative de suicide.

Sacrément raté le suicide d'où l'expression consacrée, tentative. Se cisailler les veines à l'aide d'un cutter dans les toilettes du collège s'est avéré plutôt foireux. Trop de passage et surtout trop vite. Et donc une prise en charge rapide. Et donc un séjour hôpital avec psy obligé. Un homme aux abords doux. Bon comme une guimauve. Genre nounours. Patient. Amène. Qui ne pose pas trop de questions. Susurre qu'il comprend. Promet des solutions. Garantit la confidentialité.

Et finalement trahit.

À quoi s'attendre d'autre ? Quand le sort s'acharne sur Ivy depuis toujours ? Quand tout parait toujours ramener au point de départ ?

Une double erreur d'aiguillage.

Pourtant il a été le premier à comprendre mais il n'a rien dit, l'a laissée être ce qu'elle voulait être. Elle venait à son cabinet, tous les mercredis, à 15 heures précisément. Pendant six mois. Six longs mois où de fil en aiguille, elle a tout raconté. Ce qu'elle avait toujours caché à tout le monde. L'entièreté de ses peines. Ses désirs. Ses Ambitions. Ses questions plus grosses qu'elle. Trop grandes pour son âge.

Lui, il écoutait. Affable. Sans jugement. Un rien paternaliste ou même copain. L'adulte cool qui a déjà tout entendu, tout vu. Ne se formalise de rien. Sauf que.

En réalité le mec planait à dix mille.

Et qu'il s'est fait choper.

Pire que le péché de gourmandise, une addiction au cannabis. Purée de pois dans la tronche, retards fréquents, laisser-aller. À l'hôpital où il officiait, ça a fini par se voir, se savoir, se dire, se dénoncer.

Les flics ont débarqué à son cabinet en plein milieu de la 24ème séance. C'en était fini du secret.

Comment son dossier a fini entre les mains d'une assistance sociale (cinquième charognard sur la liste) reste un mystère mais tout s'est su. Ses secrets, ses questions. La double fatale erreur d'aiguillage.

Et à partir de là, tout s'est accéléré. Sérieusement accéléré. Sa mère est morte. Ivy s'est fait violer. Et pendant des années, elle a disparu.

Heureusement qu'un bon jour, son cœur a lâché. Maintenant, elle est sur le bon chemin.

15

Conduire encore. Se garer comme les fois précédentes, loin de sa proie. Prendre le temps de se refaire une « beauté » dans le minuscule miroir du pare-soleil. Toujours assez grand pour refléter les stigmates de la fatigue. Et les émotions. Le ravage des dernières heures.

Tout laisse des traces, toujours. Quoi qu'on fasse. Ivy aurait besoin d'une vraie nuit de sommeil, d'un solide repas et d'un bain. Avec des bulles et de la mousse, plein, qui caresse son corps et le parfume et la fasse se sentir femme jusqu'au bout des orteils. Un verre de vin ou deux. Et tout bas, comme un murmure, ce chanteur qu'elle aime écouter en ce moment. Slimane. Avec sa voix d'outre-tombe qui parle vrai. Qui lui fait des envies partout. Du bonheur d'être à ce point comprise.

Ses mots sont ceux de tous ceux qui souffrent, ont souffert mais se relèvent. Ce qu'elle est en train de faire.

Encore un détour chez Monsieur le psy et elle s'accordera une pause. Une vraie. Une soirée et une nuit dans un de ces hôtels aux murs de papier mâché où personne ne demande rien. Qu'une carte bleue et assez de fatigue pour dormir malgré le bruit, les odeurs, le matelas si fin que les ressorts finissent toujours par te défoncer le dos. Pas de bain mais au moins une douche.

Un repas, seule dans sa chambre. Sûrement un truc à emporter. Chinois, japonais ? Elle adore le poisson cru et les beignets aux crevettes. Ce qu'elle trouvera en chemin, fatalement. Et pour faire passer le tout, un blanc plutôt qu'un rouge. Genre Pouilly-fuissé. Ou peut-être l'autre. Le Fumé. Elle ne sait jamais dire lequel. De toute façon, elle aime les deux.

Et puis il sera temps de dormir.

Penser à ce qu'elle vient d'accomplir, ce qu'il lui reste à accomplir.

La fin du passé.

Le début de l'avenir.

Elle n'y est pas encore.

Tout dépendra, à la fin, du demi-charognard restant.

16

Une barre d'immeuble. Fourmilière urbaine. Au moins quinze étages et des centaines de fenêtres. Derrière l'une d'elles, le psy. Qui a perdu de sa superbe. Et sa plaque aussi.

Plus de carré en laiton avec son patronyme et sa fonction sur le mur de l'immeuble. Ni sur sa porte. Rien de clinquant comme à l'époque dans son duplex bourgeois, rue des Vignes. Ivy s'en souvient encore. Au 22 précisément. Avec un jardinet tout droit sorti d'un magazine Art-Déco. Temps béni. Autre vie. L'homme n'est plus ce qu'il fut. Viré par ses pairs. Expulsé du centre ville. Remisé au milieu des siens.

Ici les murs sont beige crasse. Les inscriptions t'enculent à chaque palier. L'odeur te prend aux tripes. Tu files sans relever la tête.

Quand Ivy frappe trois coups, elle s'attend à un camé en fin de vie, heureuse déjà qu'il ne soit pas mort, qu'il ait tenu toutes ces années. Mais non, il est là, devant elle. Le même air bovin. Pas nounours de l'époque mais bien bovin. C'est fou ce que d'un âge à l'autre, on voit les choses différemment. Évidemment qu'il avait déjà cet air bovin mais que sait-on des bovins à douze ans ? En tout cas, elle le reconnait d'emblée. Elle vient sans rendez-vous, sans que lui, ne la reconnaisse et pourtant il la fait entrer. C'est ainsi que ça se passe.

Sa porte est ouverte à tous, de 13 à 18h, les « lundi, mercredi et vendredi ». Un deal qui lui permet de fumer à l'œil, d'avoir encore une espèce d'aura et d'être tranquille une bonne fois pour toutes. Il y a longtemps qu'il a compris qu'on ne sauvait personne. Qu'aucun psy ne pouvait rien. Sa chute était prévisible. Il n'a rien fait pour l'arrêter. Il est bien mieux là à ne plus faire semblant. Les mères ou les jeunes et même une poignée d'hommes qui viennent le voir savent à quoi s'attendre. Ils viennent tous parler à un ami. Parce que quand même, il est de réputation qu'il a été un grand psy, qu'il sait écouter et surtout, se taire. Un psy qui fume 15 joints par jour et qui a eu affaire à la justice, ça se respecte. Pour le reste, une guérison, un miracle, une solution, il a Dieu ou le vin ou les joints ou les trois. Et ceux qui essaient encore de vendre autre chose sont des charlatans. Des vrais pour le coup.

Il fait entrer Ivy directement dans son salon. Pas de salle d'attente. Ni plante verte. Ni musique de chambre. Un deux-pièces crasseux. Où Ivy a dû montrer patte blanche pourtant, justifier sa présence. Se refaire une *beauté*. Changement de tenue recommandé. Un sweat à capuche. Un jean difforme. Des baskets. Un air fadasse, pressé, presque aux abois.

Elle est des leurs. Non !

Elle était des leurs.

Trente secondes après, la volte-face opère magistralement. Ivy redresse la tête, le buste, ôte sa capuche, lâche ses cheveux et affronte le regard de l'homme. Comme elle aime et sait le faire à présent. Sans sourciller. En face-à-face.

L'arme qu'elle sort de son sac et qu'elle brandit devant lui, un doigt sur la bouche ramène au langage universel. N'importe qui comprend que le silence et l'immobilisme sont d'intérêt commun. Comme si tout l'immeuble était en joue, d'un seul coup, le temps se fige. C'est le miracle de la minute magique. Celle où le film se rembobine et où dans le fichier des centaines de visages enregistrés, vus, croisés, l'homme se souvient de celui qui fait face.

Comme pour les autres, le temps de parler est perdu depuis longtemps. Ce qu'elle veut, c'est qu'il se souvienne. Qu'il l'emporte dans la mort. Que son visage s'imprime. Qu'il comprenne sa défaite.

Comme pour les autres, elle ne lui laisse pas le loisir d'un mot, d'une virgule, d'une question, d'une respiration.

Comme pour les autres, le geste est rapide, précis, efficace. Une simple décharge électrique, curseur minimum puis une aiguille, un anesthésiant à dose létale et une belle, très belle jugulaire.

Prête à se faire piquer.

17

À choisir, il aurait préféré un vrai shoot d'héroïne. Des années qu'il se la joue petit. Des milliers de joints mais jamais de drogue dure. Un lâche. Qui voulait planer mais pas crever. Pas encore. Il remettait ça à plus loin. Et là, ça serait le top du top, sans retour possible. Une mort trash mais en beauté. Comme un final de feu d'artifice. Mais la vie est une chienne qui l'a pris par surprise.

Il est pourtant bien placé pour savoir qu'il ne faut jamais rien remettre à plus tard. Combien de patients a-t-il vu procrastiner puis sombrer dans le désespoir de ne pas savoir agir ? C'est sûr, il faut être courageux. La garce le lui prouve bien qui a osé venir jusqu'ici. Il a failli ne pas la reconnaitre. Mais ce regard, le même qu'à 12 ans, des yeux brillants, vert-gris, magnifiques. D'une innocence fragile et pourtant, déjà saturé de violence. Un regard qu'il avait cru pouvoir sauver, qui a précipité sa perte. En tout cas, il ne s'était pas trompé. Elle a su rebondir, s'en sortir, vaincre. Plus que n'importe qui. Plus que lui-même.

Mais, merde, ça lui aurait fait quoi d'aller jusqu'au bout des choses ? Il ne sait pas ce que la seringue contenait, mais c'est nul. C'est lent. Il n'y aucun éclat, pas d'étoiles, de fusion, d'images. Aucune lévitation. Rien que la sensation fade de sa carcasse qui s'enfuit peu à peu. Un puissant anesthésiant qui va l'endormir et c'est tout. C'est d'un navrant. Avoir fait tout ce déplacement, neuf ans après, pour ça.

Tu parles d'une vengeance. Aucun panache. Une grande amertume consume les derniers instants de l'homme. Ce n'est pas vrai que la vie défile, qu'on revoit tout et tout le monde, qu'on est prêt à supplier l'univers de nous sauver, qu'on promet de tout recommencer et cette fois d'être un homme bien. Il n'y a rien qu'un lent endormissement. Une lassitude. Un dernier abandon. Et c'est encore plus moche que tout ce qu'on peut en dire.

18

Jetée en travers du lit, comme une épave, pour sombrer directement dans une nuit sans rêves ni cauchemars. Un black-out qui a mis à genoux Ivy, sitôt le sas de la porte déverrouillée. Pas eu le temps de passer par la case douche ni de ruiner son menu « Double Cheese, frites, coca, brownie, en espèces, s'il vous plait, merci madame ». Dans cette ZAC multi enseignes, c'est tout ce qu'elle a trouvé. Impossible de louper le clown géant. En face de l'hôtel dortoir. Comme une évidence.

À peine le pass enclenché, a-t-elle aperçu le lit, presque le seul mobilier de la chambre, à peine a-t-elle pensé *je m'allonge cinq minutes,* que c'était fini. Elle avait sombré. Contre son gré. Une sorte de délivrance immédiate, de corps et d'esprit. Elle venait quand même de buter quatre personnes. En moins de 24 heures. Elle pensait tenir 36 et faire d'une pierre, sept coups et demi mais une alerte s'est déclenchée en elle et a dit stop. Elle n'a pas résisté. N'a même pas tenté. Elle s'est laissé couler dans le sommeil comme dans du béton. Une masse morte. Plongée dans le noir. Sans souvenir. Sans même l'image de sa mère.

Si un hurlement aigu ne l'avait pas tirée de son coma, peut-être qu'elle y serait encore. À finir sa longue nuit. À reprendre des forces. Mais voilà, il faut croire que tout se passait trop bien. Aucun accroc sur le parcours. Une facilité déconcertante. Des salauds sans saveur qui lui avaient presque facilité les choses. À croire que la vie finalement se chargeait de remettre les ordures au bon endroit. Ils avaient tous bien morflé. Pas assez vite pour autant. Ni assez fortement. Elle ne faisait que pourvoir au dosage. Le bon, cette fois-ci.

Et pourtant, le grain de sable devait fatalement advenir. Ivy n'avait jamais su les éviter. C'est vrai, elle aurait pu s'enfouir sous l'oreiller, laisser s'éteindre la longue plainte déchirante et faire comme tout le monde, pousser un soupir de fatalité, fermer les poings, et puis se rendormir, rassurée du silence revenu. Mais son corps a refusé cette facilité. Il était debout avant même qu'elle n'en soit réellement consciente. Encore vaseux, blanc comme un cul et pourtant terriblement présent, aux aguets. Cette détresse, elle l'aurait reconnue entre mille. C'était celle d'un enfant.

À gauche, dans le couloir, deux portes plus loin.

Maintenant elle se sent responsable de ce qu'elle a entrepris de faire sans même y penser. Par instinct. Dans l'urgence.

Défoncer une porte dans un hôtel, tirer sur un putain de chtarbé en train de secouer un mioche d'à peine quatre ans et faire un boucan du diable, comme si elle pouvait se permettre de jouer une fois de trop les justicières et de se faire remarquer. Mais dans les yeux du môme, il y avait une telle détresse, une telle frayeur et au moins autant de peine. Un visage ruisselant, un corps tremblant.

Honteux. Il s'était fait sur lui. Schéma classique d'une violence ordinaire. Qui lui rappelait beaucoup trop sa propre histoire.

Elle avait paré à l'urgence en immobilisant l'enfant de salaud. Deux tirs consécutifs. En visant une fois dans les jambes, l'autre fois dans le ventre. Illusion parfaite, le mec s'est aussitôt recroquevillé, se croyant déjà mort. Elle l'avait achevé d'une forte décharge électrique.

Un temps assez long qui lui avait permis de prendre l'enfant contre elle, de repartir dans sa chambre, rassembler ses affaires et se tirer. Le môme n'avait même pas bronché. Il devait avoir l'habitude d'être ainsi attrapé, transporté comme un sac ou alors c'est qu'il était choqué. Il n'avait pas dit un mot, s'était arrêté de pleurer, l'avait suivie sans protester. Un bon point en fait, qui confirmait ce qu'elle ressentait dès qu'elle avait pénétré la chambre. Il n'avait pas peur des femmes. D'aucune femme. Même violente. Ce ne devait pas être la première fois que la scène se jouait devant lui. Pas la première fois que le chaos faisait partie de sa vie.

Qu'il n'avait rien à dire. Juste à suivre.

Et maintenant, elle en était là.

En fuite avec un petit Lucas de trois ans et demi dont le numéro de la mère était cousu dans la manche de son blouson. Une sacrée précaution et donc une double confirmation. Ce môme était un rescapé.

Ou allait le devenir.

Comme elle.

Plusieurs options. Aucune de satisfaisante.

Ivy allait devoir choisir la moins pire. Comme souvent dans l'existence. Estimer le moindre coût d'un choix et s'apercevoir, finalement, qu'on a payé plein pot.

Toute la dérision de la vie. Autant le savoir. Pas de bonne solution. Jamais.

Que des conséquences à assumer.

1/ Garder l'enfant ? Autant se foutre une balle dans le pied, l'œil et le cœur tout de suite. Impossible dans l'immédiat. Euh et même jamais.

Quoique…

2/ Appeler la mère et devoir s'expliquer ? Ne pas pouvoir cacher son mépris, vouloir l'engueuler, au final repartir.

L'enfant sous le bras.

3/ Appeler les flics ? Anonyme. Ou déposer l'enfant devant un commissariat ? Autant dire le remettre direct aux services sociaux.

Inenvisageable.

4/ Retourner voir l'homme ? Le menacer. Croire que plus jamais il ne lèvera la main sur le môme. Et vivre le reste de sa vie en se rongeant les sangs.

5/ Hurler à son tour d'être aussi conne ? Laisser l'enfant à un arrêt de bus, appeler la mère, ne rien savoir. Partir. Fin. Point final.

Non mais oh !

6/ Aller le déposer, là où elle-même, 10 ans plus tôt, elle avait atterri ? Finir ce qu'elle avait à finir. Et puis aviser.

7/ Aller le déposer, là où elle-même, 10 ans plus tôt, elle avait atterri ? Finir ce qu'elle avait à finir. Et puis aviser.

Voilà, c'est ainsi qu'Ivy finissait toujours par choisir. Quand une option se répétait au minimum deux fois et qu'elle retrouvait le sourire.

En vérité, les cinq options précédentes n'avaient été là que pour se donner bonne conscience.

Du moment où elle avait pris le gamin sous son bras, la finalité s'était inscrite. Aussitôt, elle ralluma son portable, resté éteint tout le temps de sa vendetta et redémarra.

20

De : IEL@gmail.com
À : opinions@lemonde.fr
Objet : 2ème vidéo

En attendant de tous mourir, et parce qu'il faut bien que quelqu'un pourvoie à cette attente de façon constructive, je suis là. Et le resterai jusqu'au bout. Après moi, il ne restera rien. Je ferai ce que je peux. J'en exterminerai le maximum. Pour que les derniers survivants, ceux d'avant le grand final, puissent témoigner d'avoir vécu au moins un jour de paix, sur cette foutue terre. Sans éprouver la peur.

Parce que la peur il faut la rendre à ceux qui la répandent. Qui l'infligent. Et qui en plus, l'utilisent comme d'une arme légale. Parce que faut pas croire, ce n'est pas toujours les plus psychopathes qui nous tiennent au creux de leurs mains. Ceux-là, en général, la vie, un jour ou l'autre, la vie leur fait la peau.

Non, moi je parle de tous les autres. Ceux qui se la jouent petits mais qui se la jouent quand même. Chaque jour, chaque heure. Qui brutalisent et terrifient leur petit monde en toute impunité. Parce que c'est légal de gueuler sur ses enfants, de rabaisser sa femme ou ses employés. Parce que la première gifle est toujours une erreur et qu'il faut savoir pardonner. Parce que merde un homme, ça doit se faire respecter quand même.

Et la justice dans tout ça ?

Ma rage, à force d'avoir ce genre de type sous les yeux et que personne ne dise rien.

Parce que les limites ne sont jamais tout à fait dépassées. Parce que ça ne nous regarde pas. Parce que le mec fout la trouille tout simplement et que la majorité des gens sont lâches. Et que putain ça fait mal au bide de s'en rendre compte.

Et moi, avant, j'étais de ceux-là.

Moi aussi, je pouvais trembler, brailler, m'indigner. Intérieurement.

Et au final ne rien faire.

J'étais trop petit. Mais ça c'était avant.

21

La matinée d'Ivy était foutue mais ça valait le coup. Le gamin était entre de bonnes mains. Elle avait confiance en sa tribu. Celle qui l'avait adoptée quand à 16 ans, elle s'était enfuie. La grande chance de sa vie. Parfois, elle te file un vrai coup de main, la vie et si tu t'accroches, et bah ça marche. Suffit de bien tomber.

D'ailleurs tu tombes pas, c'est pas vrai, c'est une expression bidon, tu tiens debout au contraire et tu réapprends à marcher.

C'est grâce à eux qu'elle avait pu devenir la femme d'aujourd'hui, en plein accomplissement.

Eux, c'était BG et Lo, des égarés de la vie, qui, comme elle, avaient su se sauver à temps et se construire un nouveau chemin. Loin du monde. À l'abri de leur passé. Des surdoués dans leur genre.

BG pour les combines : squat, ravitaillement, business plan. Lo pour l'envers du décor. Un vrai geek. Expert en Deep Web.

C'est lui qui avait retrouvé les sept charognards et demi et permis à Ivy d'envisager son tour de piste en 24 heures chrono ou 36 ou 48 à présent mais qu'importe. De toute façon, aucun des deux n'était au courant de la finalité. Ni d'ailleurs du pourquoi, comment.

C'était le deal depuis le début de leur drôle d'amitié. On ne parle pas du passé ou si peu. Des grandes lignes, aussi vastes que des autoroutes. Surtout pas des venelles de souffrances, des ornières dévastatrices.

On fait ce qu'on a à faire. On ne juge personne. Chacun sa place. Roule ma poule. Et ça marchait. Depuis dix ans. Tous les trois, ils n'en revenaient pas.

Les aléas de la vie, les amours des uns, les déceptions des autres, les galères, les plans foireux, rien ne les avait entravés. Solides, unis sans s'émouvoir plus que ça. Ils revenaient de bien trop loin pour être encore affectés par du quotidien. S'il fallait déguerpir, ils déguerpissaient. Laissant tout en plan ou presque.

Si l'un avait un plan, de l'argent, normal que tout le monde en profite.

Pas de contrôle. Pas de chef. Pas de concurrence.

Et si un chien écrasé venait ramper jusqu'à leur porte, ils l'ouvraient toujours. Ce n'était pas la première fois qu'ils recueillaient un môme. Même si cette fois-ci, quand même, il n'avait que quatre ans.

Pourtant, Ivy avait confiance. Ils allaient appeler la mère du môme et décider si elle méritait ou non qu'on le lui rende.

22

Un pistolet rose, une femme drôlement forte et son père à terre qui, pour la première fois, ne se relève pas.

Qui a perdu.

Les images défilent en boucle dans la tête du petit Lucas. La porte qui vole en éclats, le bruit horrible des tirs, la femme qui vise son père, s'approche de lui et le fait se ratatiner encore plus, avec une autre arme comme un vieux bruit de cafetière, un grésillement horrible et puis la même femme qui, d'une main le soulève, l'emporte, le serre contre elle.

La femme plus forte que sa maman. Dont il n'a senti aucune peur. Aucun recroquevillement. Sa voiture, grande comme un bateau, aussi bleue que le ciel, qui démarre à toute vitesse. Comme dans les films. Et la nuit, et la route, et personne pour les arrêter ou les rattraper. Sa maman a déjà essayé une fois de partir comme ça en pleine nuit. Son père n'a eu qu'à marcher vite pour la rattraper. Elle tremblait tellement qu'elle a fait tomber les clés sur le plancher de la voiture et alors c'était trop tard. Il était déjà sur elle. Et ça avait sacrément bardé. La drôle de femme, elle, ne tremblait pas. Elle le regardait comme si tout était normal. Elle lui répétait que tout allait bien. Qu'ils allaient rouler beaucoup. Puis se reposer un peu et après, elle le ramènerait où il voudrait.

Il avait tout de suite pensé à sa maman et avait failli pleurer encore. Elle l'avait laissé tranquille. Elle avait attendu comme sa maman faisait. Qu'il relève la tête, se frotte les yeux d'un geste fier et elle avait continué de sourire.

Alors, il a senti qu'il pouvait tout dire. Elle avait le même ton que sa maman quand tout allait bien. La même façon d'être certaine de réussir. Sauf que sa maman ne réussissait jamais. Et que la femme oui. Du premier coup.

Son papa par terre qui ne les suivait pas.

Après, il lui a montré son secret. Dans son blouson. Là où sa mère avait cousu son nom et son numéro de téléphone. Elle lui avait fait jurer de garder le secret. Et de ne le montrer à personne sauf si un jour c'était important. Et qu'il avait confiance. Jusqu'à aujourd'hui, ça n'était jamais arrivé. Il était fier d'avoir arrêté de pleurer et pour la première fois, de partager le secret. Ça devait vouloir dire qu'il n'y avait plus de danger. D'ailleurs la femme l'avait répété plusieurs fois. Lui il en était sûr sinon son papa les aurait déjà rattrapés.

Après ça ils avaient dormi. Dans la voiture. Comme si c'était une maison. Y avait de tout là-dedans. De l'eau. Des biscuits. Des couvertures. Un oreiller. Et même des vêtements. Évidemment trop grands mais au moins il ne sentait plus le pipi et il avait chaud. Il avait pu s'allonger sur la banquette arrière et dormir.

Comme ça faisait longtemps qu'il n'avait pas dormi. Sans avoir peur.

Plus tard, ils avaient pris un petit déjeuner que la dame était allée chercher dans une boulangerie et ils avaient tous les deux mangé dans la voiture. Il avait eu le droit de s'asseoir devant. Et de reprendre deux fois du jus d'orange et des pains au chocolat.

Et même de faire des miettes.

La femme avait roulé encore puis le téléphone avait sonné et elle avait dit qu'elle devait partir. Mais que des amis, des super gentils comme elles, allaient venir le chercher pour l'emmener dans une chouette maison et le garder le temps que sa maman vienne le chercher.

Il l'avait crue même s'il n'avait pas vraiment compris l'expression *chouette maison*. Il avait mimé sa question : Chouette comme un hibou ou chouette comme quand on est content parce qu'on mange des glaces ? Alors la dame avait ri comme sa maman. Avec plein de joie dans les yeux. Elle lui avait dit qu'elle le trouvait sacrément futé pour un garçon de son âge. Et lui, il avait eu ce petit gargouillis qu'il faisait quand il était heureux, ce truc dans le ventre qui prouvait que tout allait bien. Très très bien même. Alors que juste avant c'était la guerre et que papa l'avait encore enlevé.

À ce moment-là, il s'était dit, qu'elle devait être une super maman pour être plus forte que son papa, que son enfant à elle avait bien de la chance et il aurait bien aimé qu'elle apprenne comment faire à sa maman. Surtout quand son papa faisait sa crise. Et c'était de plus en plus souvent. Il pétait un plomb comme disait maman et alors dans ce cas il valait mieux le suivre. Il revenait toujours. Et c'était vrai. Des fois deux jours, des fois toute une semaine après mais il revenait. Sauf que hier, Lucas avait fait un cauchemar, il avait mouillé son lit, s'était mis à pleurer, sa maman lui manquait et il avait réveillé son père. Son père avait été furieux. Maman disait toujours qu'il valait mieux ne rien lui demander dans ces cas-là. Et se taire. Sauf que Lucas avait eu peur. Et qu'il n'avait pas su se retenir de pleurer. Alors son père l'avait secoué. Plus fort que jamais. Et Lucas avait crié encore plus fort. Il avait senti son corps décoller du sol par la seule force de la main de son père. Alors quand la femme était entrée et avait tiré sur son papa, il avait pensé, *tant mieux. Bien fait pour toi.* Et ça, quand même, il n'était pas sûr que c'était une bonne chose.

Elle avait repris la route. Apaisée de voir le petit bonhomme retrouver le sourire quand elle lui avait parlé de BG et Lo, affirmant qu'ils avaient appelé sa mère. C'était un pieux mensonge, le temps que BG vienne chercher le gamin et que Lo se rencarde.

Pour Lucas, pas de pleurs, aucun caprice. Un vrai sourire. Qui disait sa joie et non sa peur. Un bon signe. Il aimait sa mère. La suite devrait bien se passer. Suffisait juste, au minimum, qu'elle éloigne Lucas de l'homme de l'hôtel. Quel qu'il soit. Mec, ex-mari, frère, qu'importe. Ça serait ça ou rien. Elle comptait sur les garçons pour que l'avertissement ne soit pas une promesse mais une vraie décision.

Avant de la voir, Lo saurait tout ce qu'il y a à savoir sur cette femme. Elle n'aurait alors qu'une solution, dire oui, faire oui, preuve à l'appui si elle voulait revoir son fils.

Tous les trois, ils avaient l'enfance en bandoulière, des comptes à régler et un pacte non négociable gravé dans leur chair. S'il y avait un choix à faire, ça serait toujours l'enfant.

Le cinquième charognard sur la liste aurait dû avoir ce même serment chevillé au corps quand elle avait décidé de devenir assistante sociale. Elle aurait dû se souvenir qu'on ne laisse pas une gamine de seize ans avec une mère malade et un oncle fou, un weekend de trop, seule.

Ce fameux weekend où tout s'était joué. Ce n'est pas comme si elle ne connaissait pas le dossier. Depuis la tentative de suicide d'Ivy, la famille était suivie. Cette chère madame CDH l'avait en charge depuis six mois et pourtant, elle n'avait toujours pas mis en place la mesure d'éloignement qui aurait pu les protéger. Madame CDH était toujours débordée. Jamais disponible. Souvent malade. Absente. Avec un poil dans la main qui lui servait, même pas de canne mais carrément de déambulateur. Comme tous les autres avant elle, d'ailleurs. Pas moins de cinq représentants des services sociaux en quatre ans et personne d'assez coriace pour prendre une vraie décision.

Madame CDH, elle, en plus d'être incompétente était molle. Fainéante. En témoigne, ce sigle pour un nom à rallonge qu'elle ne prononçait jamais.

À moins qu'elle n'ait eu peur des représailles. Paresse, péché véniel, ordinaire, tellement commun.

Une dilettante somnolente qui pensait toujours que les choses pouvaient s'arranger. En faisant preuve de patience. Et d'écoute. Cet oncle n'était pas si malfaisant. Lui aussi vivait des moments pénibles. Il venait d'être viré de son boulot. Le 3ème. Encore. Le pauvre.

Alors que si on regardait bien, il avait toujours été là. En tout cas, depuis les premiers pas de l'enfant. C'est lui qui bien souvent payait le loyer de sa sœur.

Et d'autres choses.

Il avait su y faire le salaud : se plaindre, raconter des salades, l'embobiner.

Ivy pensait même qu'il avait dû se la faire, la CDH pour qu'elle accepte de reporter leur rendez-vous. Et qu'elle laisse Ivy et sa mère, tout un weekend, encore à sa merci.

24

S'il fallait une preuve de plus à Ivy, c'était chose faite. Un pavillon de banlieue, sacrément défraichi et une femme, pas mieux lotie.

La vie s'était plutôt bien chargée de faire payer l'assistante sociale.

Neuf ans après, l'aboulique CDH avait pris au moins vingt kilos, greffés en bouée autour de la taille, un doublé gagnant peu appétissant, emberlificoté dans un jogging trois tailles en dessous, la face bouffie, le cheveu gras, l'œil fade. Un vrai top model de foire agricole. Ivy n'aurait même pas eu à utiliser son 6 coups.

La femme devait s'attendre à une visite car au premier coup de sonnette, elle avait hurlé quelque chose qui devait ressembler à « entre » alors Ivy était entrée. Elle n'avait fait que répondre à l'invitation. Satisfaite de tant de facilité.

Évidemment, dans cette optique, quelqu'un allait sûrement venir, le timing semblait serré mais Ivy avait pris soin de refermer la porte à double tour et d'éteindre la lumière du couloir. Si tout allait bien, dans moins de cinq minutes, elle aurait disparu.

Madame CDH était allongée dans son canapé, une table basse à sa main droite, jonchée de cochonneries salées et sucrées ainsi que de plusieurs canettes de bière, à priori vides. Peut-être attendait-elle le ravitaillement ?

Triste défaite.

En tout cas, elle ne s'était pas levée. N'avait même pas tenté d'essayer. Outre son surpoids qui était sûrement devenu handicapant, elle était totalement immobilisée. Masse informe sertie dans les plis d'un vieux canapé.

Avec une jambe dans le plâtre et une attelle au poignet gauche.

Simple chute se demanda Ivy pour elle-même ou enfin quelqu'un qui lui aurait brisé le genou et les doigts avec une batte de base-ball ?

Elle n'aurait jamais la réponse. Juste le visage et les yeux de la femme qui s'étaient arrondis de stupeur et un borborygme inaudible en tentant de déglutir tout ce qui obstruait sa lippe vorace.

Madame CDH avait bonne mémoire. La minute n'était même pas passée, quelques secondes avaient suffi. Sa stupeur trahissait la réalité qui avait bien du mal à ressembler à ses souvenirs. Pourtant, c'est certain, elle venait de la reconnaître.

Pour Ivy, ce fut suffisant. Et profondément jubilatoire. Elle s'approcha, arme en joue dans la main droite, seringue dans la main gauche, l'inverse aurait pu être vrai et la dévisagea comme si ses propres yeux étaient devenus des lance-flammes.

La grosse dondon tenta de se soustraire à cette vindicte, se tassant vainement au fond de son canapé pourri, essayant de mâcher plus vite, pour pouvoir hurler peut-être ou lui dire des horreurs.

Mais elle n'en eut pas le temps. L'ombre d'Ivy était déjà au-dessus d'elle. Une odeur rance s'en dégageait. Qui s'accentua encore quand elle en comprit la finalité.

L'atmosphère était saturée d'un relent de merde.

Le sphincter de madame CDH venait de lâcher. Il devenait urgent d'en finir.

25

La honte pour dernière sépulture. L'impuissance. La rage. Et encore la honte. D'elle-même. De cette vie truffée d'erreurs. De tout ce qu'elle avait englouti sous ses amas de chair, pour rien et qui, maintenant, lui explosait au visage.

Le souvenir ne l'avait jamais quittée. C'est elle qui avait retrouvé la mère morte. Elle qui avait signalé la disparition de l'enfant. Elle qui avait assisté au lent naufrage de cette famille. Elle qui n'avait rien fait. Ou si peu. En proie à ses propres démons.

Elle qui avait jugé bon d'attendre encore. Faire voler en éclats cette famille c'était revivre le morcellement de la sienne. Insupportable. Elle avait choisi ce métier pour au contraire, préserver l'unité. Coûte que coûte. Évidemment, elle avait eu tort. Neuf ans qu'elle attendait qu'on lui présente l'addition. Neuf ans qu'elle s'infligeait sa propre punition. Neuf ans qu'elle survivait alors qu'au fond elle était déjà morte. Ses propres enfants lui avaient tourné le dos. Pour d'autres raisons. Mais eux aussi avaient vu clair en elle. Elle avait échoué.

L'heure du jugement avait sonné. Et même là, elle s'était répandue comme la merde qu'elle était. Elle aurait bien voulu avoir le temps de parler quand même. Au moins demander pardon. Expliquer. Ne pas revenir en arrière, non ce n'était plus faisable mais dire le mal qu'elle avait eu, elle aussi, de s'être trompée.

Lui dire qu'elle la trouvait belle à présent. Au moins autant que sa propre mère. La pauvre femme.

26

Est-ce que les gens ne devraient pas être au courant ? Savoir comme il est simple, en fait, de rentrer chez quelqu'un, lui ôter la vie et repartir.

Savoir qu'il n'y a ni diable ni Dieu qui attend à la sortie pour vous demander des comptes. Pas même des flics pour lui courir après. Après qui, après quoi ? Tous morts de leur belle mort ou laissés comme tels. Distancés les uns des autres. Rien qui ne les relie. À peine une piqûre et/ou une brûlure qui passerait sûrement inaperçue.

Savoir qu'on ne ressent rien à accomplir sa mission. Rien de purement négatif. Mais au contraire, le sentiment d'un travail accompli. Bien fait. Sans étalage. Sans cris. Sans éclaboussure. Du bel ouvrage. Qui laisse le monde propre.

Et que si chacun s'occupait ainsi de son propre entourage, la terre redeviendrait peut-être un lieu vivable. Plaisant. Paisible.

Inutile de concevoir maints plans machiavéliques. Ou d'organiser des supplices. De se trouver des excuses. Ou s'inventer une mission divine. Rien à voir avec les sérials killers. Qui s'imaginent répondre à un appel mystique. Saturés de névroses. Qui infligent la souffrance et s'en repaissent.

Non. Être à sa juste place, conscient de tous ces égrégores malfaisants qui nous entourent. Vouloir faire le ménage. Comme on le fait de sa maison. Chasser les araignées. Les souris. Les cafards. Arracher les mauvaises herbes, les ronces. Exterminer les parasites. Aérer l'espace. Le rendre respirable. Joli.

Et puis un jour, peut-être, arriver à vivre entre gens civilisés. C'est tellement simple.

Un peu redondant, peut-être. Plus aussi excitant que la première fois mais toujours aussi satisfaisant, pense Ivy. Il suffit d'oser. Sans être un héros.

Avoir en soi un cœur qui n'a plus peur.

Qui sait où se situent, en vrai, le bien et le mal.

Rien à voir avec l'orgueil. Cet égo de la toute-puissance qui rend les hommes au-dessus des lois. L'orgueil qui agit toujours arbitrairement. Pour sa seule suffisance et la haute idée qu'il a de lui-même.

L'orgueil comme la vanité dont a fait les frais Ivy en la personne du Professeur T. Cet homme qui l'a abusée par son titre et sa science mais qui ne lui a accordé ni écoute ni compassion. Ce fanfaron en blouse blanche qui l'a regardée de haut, qui a jugé ses choix, qui a méprisé son âme. Qui lui a coupé cent fois la parole. Qui n'a rien entendu de son histoire, de son vécu, de sa souffrance. Qui s'est placé au centre de l'attention, lui le grand professeur, au détriment de sa patiente. Ivy, pauvre chose. Double erreur d'aiguillage. Qu'il a fait renvoyer d'une pichenette. Sans une once d'empathie. De pitié. De miséricorde. Qu'il aurait bien voulu exterminer de ses propres mains, si l'époque s'y était prêtée. Mais l'époque, au contraire, laissait des moins que rien comme Ivy frapper à sa porte, lui faire perdre son temps. L'époque se pavanait dans une liberté d'être et de pensées dégradantes.

Parfois, il se disait qu'il était né un peu trop tard. Qu'on aurait dû garder quelques grandes salles d'expérimentations ouvertes. La science avait encore à apprendre de certains rebuts. Mais il avait les pieds et poings liés. Et surtout, une image de lui-même qu'il ne voulait souiller à aucun prix. Cette prétendue respectabilité. Ce masque de parade.

Mauvaise foi criante et mensonge éhonté. Alors que l'homme, en ce moment même, était à genoux, entravé, en train de se faire fouetter jusqu'au sang, par une femme. Dans un de ces clubs très selects où il venait chaque premier vendredi de chaque mois.

Une fidélité qui allait lui coûter cher. Inutile d'espérer le contrer ailleurs qu'ici. Sa vie était une véritable forteresse. Quand Ivy lui en avait fait la demande, Lo n'avait eu aucun mal à retracer son quotidien. Mais à trouver une faille, si. Si Ivy voulait le choper, c'était là.

Lo n'avait rien trouvé de mieux.

Elle allait devoir attendre qu'il ôte le loup qui lui cachait le visage. Qu'il se dessangle de sa combinaison de cuir noire. Qu'il ait fini de prendre son pied ou sa sentence ou les deux. Et que vers trois heures du matin, il descende au parking du Club, bipe sa BMW, une série 8 coupé, bleu nuit, aux vitres teintées et qu'elle soit déjà là, à l'attendre.

C'était le seul moment où il ne demandait pas à son chauffeur de l'accompagner. Où il n'était pas retranché dans son grand bureau. Ou derrière les grilles de sa demeure. Où, en somme, il était le plus vulnérable. Absolument pas sur ses gardes. Ivre de jouissance. Fatigué de sa performance. Complètement à sa merci. Où il allait finir, comme les autres. À ceci près, qu'il serait déjà dans les entrailles de la terre, sous des tonnes de béton. Dans son parking, tellement privé, que personne n'y entrerait ou n'en sortirait avant plusieurs jours. Et là, il serait trop tard. Son rendez-vous mensuel secret allait favoriser la vengeance d'Ivy.

27

Cette fois-ci, la garce avait forcé le trait et l'avait copieusement soumis. Bien sûr, c'est lui qui l'avait exigé, il avait même payé très cher pour ça. Elle l'avait prévenu pourtant. Il y a toujours un seuil, spécifique à chacun. Peut-être venait-il de le franchir. Borderline à un chouia près. Il en ressentait une énorme fierté. Même à ce point de rupture, il ne déméritait pas. Il était bien au-dessus de la douleur. Encore une fois le plaisir avait transcendé la souffrance.

Il baignait encore dans cet instant de grâce où la jouissance était venue. Le mot était faible. C'était de l'ordre de l'extase, d'une transe. Dans un total oubli de soi. Une envolée quasi mystique qui le laissait ébahi. Exsangue certes mais apaisé.

Il allait pouvoir rentrer chez lui, dormir et survivre jusqu'à la fois prochaine. Cette immersion dans le nec plus ultra des soirées *hardcore* venait de lui offrir un répit salutaire. Sa vie n'était qu'exigences, excellence. Sa femme. Son métier. Ses Patients. Ce qu'on attendait de lui.

Il avait besoin de cette soupape. De plus en plus. Il allait pouvoir s'en délecter encore et encore, baigner dans les fragrances du souvenir, admirer son corps perclus de cicatrices, comme des tatouages de bravoure et d'éloge à lui-même.

Pas un instant, il n'envisagea que sa soirée, ses ambitions, ses rêves, puissent prendre fin, sans qu'il ne l'ait lui-même décidé.

Encore moins ce soir. Si vite.

Tout à son autosatisfaction, il sortit de l'ascenseur, celui qui desservait le 7ème étage du Club uniquement et du parking attenant et bipa sa voiture de loin.

Il ne prit pas garde à cette silhouette, vive, agile et aux aguets qui venait de se glisser sur le siège arrière.

Est-ce qu'il comprit ce qui lui arrivait quand sitôt derrière le volant, quelque chose vint lui piquer le cou ?

A-t-il reconnu la femme qui lui souriait victorieusement dans le rétroviseur ?

S'est-il seulement souvenu de l'avoir rencontrée un jour, il n'y a pas si longtemps ? D'avoir eu envie d'en faire un rat de laboratoire ? De l'avoir méprisée pour ce qu'elle était ? De lui avoir tendu un miroir que lui-même était incapable de regarder en face ? S'est-il demandé pourquoi, comment et s'il allait mourir ?

Ivy ne le savait pas et même elle s'en fichait. Elle était déjà loin.

28

En fait, celui-là ne faisait pas partie de son passé lointain. Il n'avait pas besoin de savoir qui elle était. Ni pourquoi elle revenait lui prendre sa vie. Elle l'expédiait en enfer de la même façon qu'il l'avait expédiée de son hôpital pour gens riches et de bonne famille. Il ne méritait rien. Même pas sa minute magique. Que de mourir et puis c'est tout.

Il était comme sa 7ème charognarde, un nuisible qui avait croisé son chemin. C'est grâce à ces deux-là que quelque chose s'était réveillé en Ivy et que sa machine de guerre s'était mise en marche. Grâce à son cœur courageux, aussi, évidemment.

C'est là qu'elle avait découvert qu'elle n'était plus Ivy, la faible.

La dernière sur la liste avait gagné le pompon.

Elle n'était pas censée être dans l'équation pourtant. Pas censée être le détonateur. Celle qui lui mettrait le pied à l'étrier, le doigt sur la gâchette, le focus sur son orbite verrouillé. Elle avait le cerveau de la taille d'un asticot, si tant est qu'une larve acéphale en ait un et elle avait voulu lui faire croire qu'elle connaissait la vie.

Mieux qu'Ivy. Alors qu'elles avaient le même âge et qu'elles ne venaient pas du même milieu, ça c'était certain.

Elle, c'était I.K. Une nana croisée dans un bar. Qui avait voulu faire amie-amie. Une conseillère pôle emploi. Qui avait bien tout appris dans les livres mais rien de la vie. Qui avait accroché son diplôme dans son bureau. Au-dessus de sa tête. Pile poil dans l'axe de son fauteuil. Comme une aura légale, attestée, personnifiée.

Ivy y était allée, une fois. Elle avait vu, ça lui avait suffi. Elle voulait à tout prix s'occuper d'Ivy. La sauver. Elle disait que c'était encore possible.

Qu'Ivy pouvait prétendre à mieux.

Mieux que quoi, on se le demande ? Ivy était sur son chemin, avec un cœur en béton. Des amis qui la comprenaient, la laissaient libre et même l'encourageaient.

La pauvre fille était même allée jusqu'à lui faire croire qu'elle aussi avait souffert. Alors que si Ivy regardait, elle ne voyait rien. Rien sur ses bras, rien au fond de ses yeux, entre la mélasse de ses cheveux, rien. Aucune cicatrice. Pas de brisure. Même pas un petit bleu. Rien que du lisse. Pas comme Lo ou BG. avec leurs tatouages plus gros qu'eux, comme pour bien recouvrir tout ce qui pourrait dépasser de vices, d'entailles, de brûlures. Rien que du vide dans sa cervelle et de la glu dans sa foutue amitié. Ah ça, elle l'avait joué gentille, ferré pendant des semaines mais elle avait fini par montrer son vrai visage. Elle était devenue collante. Possessive. Jalouse. Érotomane jusqu'à rester des heures, en bas de chez elle, à attendre qu'Ivy ouvre la porte.

Ivy avait dû s'énerver. Fort. Comme encore jamais ça ne lui était arrivé. Elle avait été obligée de lui hurler dessus en pleine rue. Mais non, l'autre continuait de la suivre. Ivy en était venue aux mains. Elle avait failli lui taper dessus.

Il y avait eu des témoins. La folle avait déposé plainte, s'était fait passer pour une victime. Et Ivy avait été dans le collimateur des flics pendant une journée.

Comme si sa vie n'était pas déjà si compliquée.

29

J'ai cru qu'elle revenait pour s'excuser. Alors je l'ai laissée entrer. Il était à peine 7h du matin. Elle avait un sachet de croissants dans les mains.

Elle est arrivée en souriant. Comme la première fois. Dans ce bar. Avec ses yeux si particuliers. Entre gris et vert. Et de la lumière partout, jusque dans ses cheveux. Tellement de féminité. De douceur. Et de détermination aussi.

Tout ce qui me manquait et que je recherchais. Éperdument.

Qu'importe que cela vienne d'une fille ou d'un garçon.

L'amour c'est une rencontre, un absolu.

Je n'ai jamais fait de différence.

La première fois que je l'ai vue, j'ai été saisie. J'ai cru que nous étions pareilles, qu'elle se laissait faire, que je lui plaisais. Et puis, tout est parti en vrille.

D'un coup, elle a été odieuse. Je n'ai pas compris.

Elle a disparu Un mois que je suis sans nouvelles. Un mois que je l'espère.

J'ai porté plainte exprès. Je me disais qu'elle voudrait qu'on se parle. Qu'on apaise les choses. Il m'aura fallu attendre jusqu'à aujourd'hui.

Et la voilà.

Belle comme au premier jour. Plus encore. On dirait que quelque chose l'a transformée, qu'elle a pris de l'assurance. De la force. Une sorte d'invincibilité.

Son regard m'irradie. Je pourrais m'évanouir de la sentir si proche. En fait je l'admire. Je l'aime. Elle est mon idéal. Peut-être l'a-t-elle compris ?

Elle est revenue, non ? Elle sait ce qui nous lie.

Elle ne dit rien et me regarde. Depuis que je lui ai ouvert la porte et qu'elle est entrée, nous n'avons pas bougé. Rien qu'elle et moi, seules, dans mon vestibule.

Je suis comme tétanisée, soumise. Elle peut faire de moi ce qu'elle veut.

Ce qui compte, c'est qu'elle soit revenue.

Enfin là. Presque contre moi. Avec son odeur de pomme. Toujours eu envie de lui dire, d'en croquer un bout, de savoir si elle en avait le goût aussi.

Alors, quand elle approche sa main de mon cou, je ne vois rien d'autre que mon besoin d'incliner ma tête, de me plier un peu pour recevoir enfin une caresse.

Mais ce n'est pas ce qui arrive, n'est-ce pas ?

Cette sorte de brûlure dans le cou, son visage qui d'un coup se transforme, son autre bras qui me prend par la taille et me supporte, et m'entraine, jusque dans la cuisine. Sa volonté de m'asseoir. Et ce silence, vertigineux, qui me plonge dans un brouillard de plus en plus compact.

Elle ne cesse de me regarder. Elle ne sourit plus. Ses yeux sont gris. Puis noirs.

Je ne crois pas qu'elle m'a pardonné.

Je crois qu'elle est venue me faire du mal.

30

Oh, ce dernier regard. Cette ultime minute erratique. Ivy l'a fait durer jusqu'à son apogée et IK est morte dans ses bras. Elle espère que de là-haut, elle se rend compte du cadeau. Elle est la seule à avoir eu ce privilège. Elle n'est pas partie seule.

Jusqu'au bout, Ivy est restée. Totalement galvanisée. Ces dernières heures sont une expérience unique. Et tellement facile.

Comment a-t-elle pu avoir peur si longtemps de ces pauvres pantins ? C'est folie de concevoir tout ce temps perdu. Tout est tellement plus simple qu'on le croit. Elle va devoir enseigner ce savoir. Le divulguer. Le partager. Ne plus laisser personne se faire malmener par de la vermine. Il faut que les enfants sachent. Les méchants sont toujours des lâches et si on les prend par surprise, ils ne se relèvent jamais.

Presque tout est à sa place maintenant. Puisque sa mission est accomplie. En partie.

Reste encore le demi. Mais ça c'est une autre histoire. Dimanche ou lundi. Après être rentrée chez elle.

Auprès de BG et Lo.

Du petit Lucas ?

S'assurer que tout fonctionne.

Vérifier ses mails. Les infos.

Passer à la seconde partie de son plan.

31

De : IEL@gmail.com
À : opinions@lemonde.fr
Objet : 3ème vidéo

Vous avez déjà vu des pigeons en train de baiser, ils se niquent la bouche trois secondes ¼ puis le mâle monte la femelle, se frotte trois secondes ¾ et le tour est joué... Et bah y'a des mecs qui ont gardé leur âme de pigeon et leur instinct de porc. Cinq de QI et encore même pas sûr. Qui se vantent alors qu'ils se vautrent. Une différence de taille qu'ils ne comprendraient sûrement pas. Faut dire aussi que dans la famille « les Cassos », ils ne sont pas le couteau le plus aiguisé du tiroir. Des gars pareils, ce n'est même pas la peine de les prévenir qu'un jour le ciel leur tombera pile poil sur le crâne. Non, tu ne leur dis rien. Tu les pistes. Et quand tu es sûr de ton coup, tu les poignardes au fond d'une ruelle. Un coup dans le cœur, une cisaille entre les jambes et le monde aussitôt se porte mieux. Passé quinze ans, si l'éducation n'est pas faite, elle ne se fera plus. Quand le pli est pris, il est pris. C'est trop tard. La rédemption, le pardon, la réhabilitation, tout ça c'est des conneries. C'est au berceau qu'il faut trancher. Dès l'apparition des premiers signes. Éradiquer jeune, c'est sauver la planète. Ce qu'il en reste et pour le peu de temps qu'il lui reste. Évidemment faut avoir le courage d'assumer un tel parti pris. Je vois mal un futur président mettre ça dans ses bonnes résolutions. Alors évidemment, c'est de pire en pire.

Je répète « Plus de 900 viols et 500 homicides à chaque seconde ». Ce ne sont pas les chiffres qui sont démoniaques mais les hommes. Qui laissent faire ça. Sans rien dire. C'est à croire que ça ne gêne personne.

À part moi.

ENTRACTE

Une pause entre deux levers de rideaux.

Avant le second acte.

Être chez soi. Au milieu des siens. Comme si Ivy était sortie faire des courses il n'y a pas si longtemps et qu'elle revenait, satisfaite de ce qu'elle avait trouvé en chemin.

Chargée à bloc.

Des provisions de force comme elle n'en a jamais eu.

Une certaine fatigue physique certes mais surtout une psyché de compétition. Tellement de kilos en moins. Dans le corps, le cœur, l'esprit. Les tripes.

Une impression de légèreté comme si elle lévitait.

Reset ma belle. Nouveau système en cours d'installation. Et celui-là, on va te le sécuriser sévère. Fuck les pirates en tout genre. À la moindre intrusion, on vous explose vos faces de rat. Dixit Lo quand il se mettait à parler tout seul, devant ses machines et qu'il ne soupçonnait pas qu'Ivy puisse l'écouter.

Aujourd'hui, elle l'entend vraiment. Du dedans. C'est un langage basique, binaire qui convient parfaitement à sa situation. Elle aurait presque eu envie de le partager avec lui, mais au-dessus de sa porte de chambre clignote une lumière rouge. Et ça, ça veut dire : On n'entre pas. JAMAIS.

Elle attendrait donc qu'il sorte de son antre. À un moment ou l'autre. Le regard fiévreux. Complètement azimuté. Et qu'il daigne revenir au commun des mortels. Espèce qui ne l'intéressait guère. Ou en de rares occasions. Pour se nourrir, se laver, voir si Ivy ou BG avait pourvu à son ravitaillement de base.

Chips. Saucisson. Coca. Cornflakes. Sans jamais prendre un gramme.

Ivy le jalousait et se demandait souvent comment il faisait pour tenir enfermé des heures voire des jours dans une pièce noire. Le cul vissé sur son immense fauteuil de luxe, ok, mais sans bouger. Tout ce qu'il vivait se passait en virtuel. Un casque sur la tête et des écrans partout. Encore plus depuis qu'ils habitaient ici.

Leur premier vrai logement en neuf ans. Une combine de BG qui s'était fait draguer par une fille dans une agence immobilière. Un coup sérieux, avait t-il cru bon de rajouter. Mais avec BG, c'était toujours un coup sérieux. Jusqu'à ce qu'il faille déguerpir urgemment.

En attendant, ça faisait douze mois que tous les trois, ils n'avaient pas bougé, leur premier record, et tous, chacun à leur façon, étaient en train de s'installer. Pour rester un long moment.

C'était une grande baraque, pas trop vilaine où chacun avait sa propre chambre et des parties communes qu'ils partageaient souvent et joyeusement.

Un double salon/séjour/cheminée, ouvert sur une cuisine américaine.

Deux étages. Deux salles de bains. Deux chiottes.

Et pour Ivy, princesse nouvellement couronnée, la chambre avec vue sur le jardinet, au rez-de-chaussée. Dressings intégré et salle de bain/douche. Pour elle seule.

BG avait réussi, personne ne savait comment, à obtenir un bail sérieux. Lo s'était débrouillé pour fournir les papiers qui allaient avec et un virement qui tombait tous les mois. À date fixe. Un mec, soi disant, à qui il avait rendu un fier service. Sûrement l'un de ceux pour qui il fallait effacer certaines traces.

La grande spécialité de Lo. Aider les gens à disparaitre et se refaire une vie. Comme pour lui et BG. Et Ivy, naturellement. Disparus. Puis survivants. Puis vivants. Ailleurs, autrement.

Pendant ce temps-là, Ivy faisait tourner la baraque. Doucement. Elle n'était pas leur femme de ménage non plus. Mais elle aimait bien s'occuper des courses. Faire la cuisine. Sentir le linge propre quand il avait fini de sécher dehors au soleil. Avoir tout cet espace à elle et autour d'elle, qui lui appartienne, qu'elle puisse décorer. Où mettre une ambiance. De la même façon qu'elle aimait prendre soin d'elle. De son corps. Comme elle en avait toujours rêvé.

Cette première vraie maison était une sorte de cocon *sécure*. Un nid comme aucun d'eux n'avait connu. Qu'il lui fallait à tout prix chouchouter.

Dans laquelle ils semblaient tous avoir trouvé une vraie place.

Quand elle ne partait pas en guerre régler ses comptes, Ivy écrivait même un journal intime. Quelques mots tous les jours. Les moments forts. Jamais de phrases complètes mais des dates, des mots clés, des adjectifs et des couleurs. Pour ne rien oublier. D'hier et d'aujourd'hui. Toutes ces étapes. Ce chemin parcouru.

Depuis quelques mois, elle avait même commencé un roman. Une drôle d'histoire, à la limite de la science fiction, longtemps après la fin du monde, quand apparaissait une nouvelle espèce d'êtres vivants, qui devait tout reconstruire. Elle s'essayait à construire des phrases, faire des chapitres. C'était périlleux. Elle espérait pourtant le terminer un jour. C'était un projet de vie qui pouvait bien la tenir en haleine au moins 20 ans mais elle y arriverait.

Elle voulait juste arriver à raconter quelque chose qui soit beau.

Plus beau qu'elle et son histoire.

Quant à BG, il zigzaguait et piochait sa vie comme elle venait. En faisant le joli cœur. Un peu barman, un peu boxeur, un peu *on ne sait quoi*. De la malice au coin des yeux, qui approvisionnait leur tribu avec pas mal de tout et rien, tombé d'un énième camion qui passait par là. Un doux rêveur, qui avait pour but de partir faire le tour du monde et qui, en attendant faisait le tour des villes jusque dans leurs ruelles les plus sombres et leurs caves les plus basses. Ivy ne savait pas ce qu'il y cherchait mais il cherchait. De fond en comble. Sa gueule d'ange en sursis à chaque fois qu'il se prenait un mauvais coup.

En rentrant cette après-midi là, Ivy ne l'avait pas trouvé. La maison était vide, bien rangée, sans trace du petit Lucas. Juste Lo barricadé derrière sa lumière rouge. Elle en avait profité pour disparaitre dans sa chambre. Elle avait réussi à dormir deux heures. Puis s'était raccordée au monde. Avait allumé la télé. Son ordi. Ensuite, elle avait pris un long bain. S'était fait une beauté puis était réapparue vers 20 heures. En grande forme. Pour se mettre aux fourneaux. Rien de tel qu'une lasagne géante pour appâter les garçons. Deux SMS plus tard, elle en eut confirmation. BG était sur le retour et Lo avait bientôt fini.

Elle avait hâte qu'ils lui racontent.

À priori, si le petit Lucas n'était pas là c'est que sa mère l'avait récupéré. Elle voulait en être sûre, connaitre les détails. Savoir ce que Lo avait trouvé. Et ce que BG avait fait.

Et surtout, ne pas avoir elle, à trop en dire.

C'était la première fois qu'elle partait, trois jours, sans donner aucune nouvelle.

La première fois qu'elle se décollait d'eux.

Du jour où elle était apparue, hagarde, au seuil du squat où ils survivaient à l'époque, un immeuble en instance de démolition, glauque, infesté de cafards, au milieu de junkies, de sans-papiers, de vagabonds, de fugueurs, elle ne les avait plus quittés.

Lo et BG partageaient déjà la même pièce, un 7m2 carré dérisoire où, en passant devant, elle les avait vus, allongés, en train de lire. Lo ce qui s'avérerait être un manuel d'encodage, BG, une BD des Bidochon. Elle avait marqué un temps d'arrêt, étonnée, ils avaient relevé la tête et tous les trois, ils étaient restés comme ça. À se regarder, muets. Et puis le Beau Gosse avait souri (le surnom BG lui était resté), montré un espace libre et avait repris sa lecture. Ivy n'avait pas fait la fine bouche, avait glissé son corps en vrac contre le mur, dans le recoin qu'on lui avait assigné et n'avait plus bougé. Elle s'était endormie, telle quelle, affamée, assoiffée, sans rien demander. Sans qu'aucun mot ne soit prononcé. Pas une seule fois elle ne s'était réveillée. Elle avait dormi près d'eux, sans les connaitre ni même entendre le son de leur voix et pourtant elle n'avait pas eu peur. À aucun moment. Au petit matin, gueule d'ange avait apporté du café à Ivy et ils ne s'étaient plus jamais quittés. Malgré sa drôle d'allure, ses silences, sa tête en vrac, ses vêtements déchirés, son côté chat sauvage qui vient de se battre dans le noir et qui n'a pas rendu tous les coups, ils l'avaient acceptée. À chaque fois qu'Ivy y avait pensé, elle avait eu envie de chialer. Mais pas aujourd'hui.

Aujourd'hui, elle sifflote en mettant la table. Les lasagnes ronronnent au fond du four. Elle s'est servi un verre de vin blanc. Un Jurançon pour changer. Elle a gardé la télé allumée. En sourdine. Qui lui dit exactement ce qu'elle a envie d'entendre. C'est-à-dire rien.

Rien à propos des sept charognards sagement endormis chez eux.

À part son oncle à qui elle a lâché des bastos dans le cimetière de sa caravane, et dont on pouvait croire qu'il était la victime d'un règlement de comptes avec l'un de ceux qui lui avait déjà foutu le feu, tous étaient morts de leur plus belle mort. Dans un silence exemplaire. Soit dans leur sommeil. Soit dans leur canapé. En tout cas chez eux. Fatigués. Las sans doute. Avec un bémol pour le Professeur évidemment. Mais au vu de sa dernière demeure, dans le sous-sol d'un club tendancieusement select, les soupçons n'étaient pas prêts de remonter jusqu'à Ivy. Qui n'apparaissait nulle part dans sa vie.

Si ce n'est une heure, un jour, il y a déjà de cela, des mois.

Restait la I.K. Dont la main courante ne remontait qu'à quelques semaines. Mais elle aussi, morte dans son sommeil. À moins que ne soit suggérée une petite crise cardiaque. Pas étonnant vu l'hystérie qui la caractérisait et dont plein de gens pourraient témoigner et se plaindre après coup. En tout cas, elle aussi laissée en vrac devant son petit déj.

Le raccord entre eux tous, pour peu que le *modus operandi* apparaisse ? Aucun. Sauf si on était devin ou chaman mais sûrement pas flic.

Ivy avait pris soin de bien refermer toutes les portes. Aucune effraction nulle part. Encore moins d'empreinte. Ni de vol ou de bris. Peut-être, selon certains, une silhouette de femme, aperçue çà et là, dans un manteau bleu. Lequel vêtement n'existait déjà plus.

Du très bon boulot, pensa Ivy, en sifflant son second verre et en trinquant virtuellement aux vivants de ce nouveau monde à bâtir.

Plus juste.

Plus libre.

Plus sain.

Plus vrai.

DEUXIEME PARTIE

EVAN

32

De : IEL@gmail.com
À : opinions@lemonde.fr
Objet : 4ème vidéo

Je ne sais pas si j'aurai le temps de dresser la liste de ceux qui auront droit à mon purgatoire et encore moins si je pourrai mener à bien mon projet.

D'ailleurs, ce n'est plus une liste mais un catalogue.

J'ai le temps de me faire arrêter mille fois entre chaque décapitation.

Attention, ne pas prendre ce mot au sens littéral. Chacun son modus vivendi.

Mais dans l'idéal, c'est ça, j'étête tout ce qui dépasse, qui est toxique, de trop. Il va me falloir un sacré bout de temps et pourtant ça devient urgent.

Si personne ne fait rien, ils vivront.

J'ai dans l'idée que je vais devoir simplifier. Par exemple tous les réunir et faire d'une pierre 36 coups. Tant pis pour la justice au cas par cas. Parfois, il faut savoir faire contre mauvaise fortune bon cœur. L'important est de ratisser large. Tant pis pour les détails. Un autre après moi reprendra le flambeau et fera mieux.

Je vais laisser les instructions pour. Mon témoignage aura valeur d'exemple.

Et je suis sûr que d'autres, pas seulement un mais beaucoup d'autres en fait, vogueront dans mon sillage.

Après tout, c'est un énorme projet et à moi seul, je m'en rends compte, je n'aurais pas pu y arriver même avec l'éternité devant moi.

Mais tous ensemble, là, c'est jouable.

C'est à grande échelle qu'il faut investir l'avenir. Très grande échelle.

33

Dès la naissance, les sages-femmes ont eu pitié. Ont murmuré tristement « *le pauvre* ». Affirmé qu'il était mal né. Entre un père violent et une mère soumise, apeurée, perdue.

Tout de suite, les langues se sont déliées « *parce que des cas comme ça, c'est pas tous les jours qu'on en voyait* ». Peut-être les a-t-il entendus, en tout cas, pendant des mois, Evan s'est fait tout petit.

Un enfant sans larmes, aux longs cils secs. À la peau fine comme du film transparent, facilement bleue. Au silence de circonstance. À peine une respiration minimale. Pour puiser l'air sans faire de bruit. Comme absent. Un pur instinct de survie. Le temps que son père disparaisse. Déjà conscient que sa présence n'était pas souhaitée.

Le mari avait engrossé sa femme, en la violant et en la tabassant tellement fort, tellement souvent que l'enfant lui était poussé dans le ventre sans qu'elle s'en aperçoive. Trop occupée qu'elle était à se raccommoder.

L'œil, le bras, les côtes, les dents, le coccyx, les cuisses.

Quand à cinq mois, le fœtus avait été contraint de pousser les parois qui le retenaient trop serré et que le ventre de la mère s'était enfin arrondi, il était trop tard. Le père a eu beau cogner encore, le bébé a tenu bon, deux mois de plus.

À sept mois, emmenée d'urgence à l'hôpital, alors qu'elle s'évanouissait au milieu des concombres et des tomates, dans un hypermarché près de chez elle, la mère s'est laissée ouvrir le ventre, priant en dedans, pour que l'enfant meure et l'emporte avec elle. Il faut croire que le destin n'était pas encore scellé.

Jamais de la façon dont l'homme l'envisage puisque c'est le père qui a succombé. Un an plus tard. Lors d'une énième beuverie qui a dégénéré.

Sursis bénéfique, tant pour la mère et son petit ou volonté perverse ? En tout cas, une sorte d'espoir entretenu par une fatalité qui allait s'abattre à rebours.

Tous deux étaient costauds alors ils ont survécu. Et survivraient encore longtemps.

Avant de plonger tête la première en enfer.

34

Ivy pourrait affirmer et elle aurait raison évidemment, que tout a commencé ainsi. Avec Evan. Et que le premier de la liste, le « patient zéro », avant les sept charognards et demi, aurait dû être le géniteur.

Ce vicelard qui a pu vivre trop longtemps, en toute impunité. Qui a souvent été reconnu coupable mais qu'on a relâché quand même. Faute à tout un tas de bonnes raisons.

Un de plus parmi ses semblables qui fait partie de cette humanité qu'on n'a plus le droit de nommer ainsi. Qui doit être exterminé avant que ce soit elle qui s'en charge. Sans discours. Sans vote. Sans loi. Exactement comme le père du petit Lucas.

Un gars colérique, revanchard, épidermique qui, devant BG a menacé la mère et l'enfant, pas plus tard que ce matin. L'homme n'a pas aimé qu'une pétasse surgisse dans sa chambre, *privée la chambre, bordel de merde*, la crible de balles à blanc et se tire avec le moutard.

BG a dû improviser. Empoigner la mère et l'enfant et les ramener avec lui. À la tribu. Devant la lasagne géante qu'Ivy avait préparée et qu'ils ont tous partagée. Le temps de trouver une solution. Que le père se calme ailleurs. Et qu'Ivy s'explique. Fatalement.

Que faisait-elle avec une arme, en plein milieu de la nuit, dans un hôtel miteux, à 300 bornes d'ici ? Avait-elle des ennuis ?

Ce n'est pas tant l'étrangeté de la situation ou même ce que faisait Ivy qui tiraillait BG et Lo, ils se faisaient assez confiance pour ne jamais trop se poser de questions mutuellement, c'était de se retrouver face à une situation qui pouvait les mettre en danger, d'abord tous les trois. Et maintenant tous les cinq.

Ivy avait simplement répondu qu'elle conservait une arme avec elle, depuis longtemps. Pour se protéger. Ils savaient bien pourquoi. Et que dans son périple, dont ils étaient parfaitement au courant qu'elle le faisait pour faire la paix avec son passé, dire adieu à cette part d'elle-même dont ils savaient très bien qu'elle voulait se débarrasser, elle avait atterri là, pour se reposer. Rien n'était faux, en partie incorrecte certes, mais Ivy savait jouer avec les mots et les répétitions pour bien enfoncer le clou : *Faire la paix avec son passé, dire adieu à cette part d'elle-même dont ils savaient très bien qu'elle voulait se débarrasser.*

Et non, ils n'avaient pas à s'inquiéter. Tout allait bien. Elle avait presque fini de faire le tour de ses anciennes connaissances, de fermer les portes, qu'elle avait été obligée de gérer un importun. Une espèce de taré, qui en pleine nuit, avait cru judicieux de passer ses nerfs sur son fils. Sans qu'une fois encore personne ne dise rien.

35

Dès les premiers mois, Evan s'était révélé être un enfant placide. Un chouia fragile. Et rêveur. Assez en tout cas, pour rester coincé dans sa bulle et exiger le minimum d'attention et de soin. Ce qui, au vu de l'état de santé de sa mère, était une bénédiction. La pauvre femme se remettait d'un accouchement difficile, d'une prière mortifère qu'elle ne pensait plus vraiment et d'un retour au bercail tumultueux.

Au sortir de l'hôpital, une chaine de solidarité s'était pourtant créée autour d'elle, ce qui avait permis de parer au plus pressé : acheter de quoi accueillir l'enfant et tenir éloigné, quelque temps, le père de l'enfant. Mais très vite, la chaine s'était essoufflée et elle s'était de nouveau retrouvée seule. Seule à subir son mari et seule à tenter de protéger ce petit être qui n'osait toujours pas babiller. À peine respirer.

À plusieurs reprises, elle avait tenté de le mettre en crèche ou en nourrice pour pouvoir reprendre un travail et espérer un jour s'enfuir. Au départ, de n'être plus seule et avoir son fils à ses côtés, elle s'était sentie pousser des ailes. Mais cela s'était avéré impossible. Evan ne supportait pas qu'on le touche. Ni même que sa mère s'éloigne. Il ne criait pas, non, cela il était dans l'impossibilité de le faire. Mais il se raidissait. De tout son corps. Et alors ses grands yeux se pointaient sur la personne qui avait osé le frôler et c'est comme si tout son être parlait dans ce regard. Comme si ses pupilles hurlaient pour lui. Dès lors, il n'avait plus rien d'un bébé, plus rien d'un humain. Juste un corps tendu qui s'arquait à l'extrême, dur et froid comme une barre de fer qui vous brûlait les doigts.

La mère avait dû se rendre à l'évidence. Abandonner l'idée de travailler. Espérer que son mari meure ou parte ou devienne vieux, paraplégique, impuissant. Et en attendant, vivre des aides et de la pitié d'autrui. Une ilote d'antan, réduite à néant, forcée de renoncer à elle pour se consacrer entièrement à l'enfant. Le protéger, quitte à prendre tous les coups et pire encore. Elle et l'enfant, chacun en totale dépendance de l'autre. Dans une grande précarité. Psychologique, matérielle. Humaine. Mais aussi dans une fusion, qui les absorbait tout entiers. Qui rendait à la mère et l'enfant, tout ce qui avait manqué à ces neuf premiers mois de grossesse. Un lien indéfectible, salvateur et réparateur.

L'amour.

36

Ivy les a laissés sur ces mots. Promettant qu'à son retour, on trouverait une solution.

Installez-vous au salon, reposez-vous, réfléchissez à votre avenir, ici, vous êtes en sécurité. Prenez votre temps. Vous pouvez même envisager de disparaitre si vous le souhaitez. Lo pourra vous y aider, avait-elle débité d'une traite, en fin de repas, passablement fatiguée.

Voir arriver BG accompagné de ses deux comparses avait bousculé les prévisions d'Ivy et sa croyance que tout était rentré dans l'ordre. Elle avait dû changer ses plans, composer pendant tout le repas, poser des questions et annoncer son départ à l'aube, le lendemain matin. Puis elle avait rejoint sa chambre et ré-organisé ce qui aurait dû être son lundi de clôture.

Elle avait encore un demi-charognard sur le feu qui attendait sa visite. Et qui allait devoir patienter. Surtout celui-là. Dont elle n'était même pas sûre qu'il doive finir comme les autres. Elle avait prévu de passer du temps avec lui avant de se décider. De le faire parler. Il n'était qu'un lien indirect. Qu'un demi-charognard par filiation.

Le concernant, elle ne voulait rien précipiter.

Par contre, elle allait s'occuper du père du petit Lucas. Et plutôt deux fois, qu'une. Qui n'avait pas hésité à rentrer au bercail pour s'en prendre à sa femme. Heureusement que BG avait su réagir. Il avait visé l'entrejambe et achevé toute révolte. Puis il était revenu avec eux. Presque fanfaronnant. Et transformé.

Une tête de premier de la classe comme elle ne lui avait jamais connu. Pour Ivy, aussi, la vie venait de lui faire un cadeau. Ce type, finalement, était la cerise sur le gâteau. Un patient zéro offert sur un plateau.

Par contumace.

À la mémoire d'Evan. De sa mère.

Du passé définitivement clos.

37

BG a totalement craqué. Ce petit air d'oiseau tombé du nid. Ces yeux bleus, intenses. 1m60 de rondeur, juste ce qu'il faut. Une cambrure de malade. Et cette façon de pencher la tête, à peine un mouvement, comme un tic à chaque fois qu'elle se met à parler. Affublée de son doublon, copie conforme en tout point si ce n'est qu'il est riquiqui.

BG n'a pas résisté. Coup de foudre pour le môme, Lucas et coup de foudre dès qu'il avait vu sa mère, Sandra. Un truc de malade. Qui le fait planer à cent mille. Et dont il ne peut rien dire ni penser si ce n'est que ça lui était tombé dessus et que depuis, il lévite. Très souvent, il se touche, et même il se pince, pour y croire. L'horreur serait que tout ceci soit un rêve et qu'il se réveille.

Mais non, ça semble vrai.

Deux minuscules corps, collés l'un à l'autre, endormis sur le canapé-lit du salon. Qu'il a déplié après qu'ils ont passé la soirée, tous ensemble. Comme une famille.

Ils ne se connaissaient pas pourtant. Ni les uns ni les autres. Mais ça avait fonctionné. D'emblée. Comme des retrouvailles. C'est ça. Des retrouvailles. Qu'on aurait longtemps attendues. Surtout BG.

Il n'avait eu aucun scrupule à les ramener à la tribu. Même si son mec avait l'air dingue. En fait, surtout si son mec avait l'air dingue. Un type comme ça, qui aboie pour parler et terrorise les plus faibles, ne méritait rien. Il n'avait pas compris les explications foireuses d'Ivy concernant son implication, et s'il s'était posé des questions, maintenant il s'en fichait.

Ils étaient là, tous les deux et c'est tout ce qui comptait. Son but : tout faire pour qu'ils aient envie de rester.

C'est vrai qu'il était girouette, charmeur, cœur d'artichaut mais là, c'était du haut *level*, mille crans au-dessus. Il n'était pas fou et pressentait qu'une magie comme ça n'arrive qu'une fois dans la vie. Avec Sandra, ils avaient sensiblement le même âge et sûrement le même parcours de vie sinon, elle ne se serait pas foutu avec un gros connard pareil. Elle devait rêver mieux pour son fils. En supposant qu'ils soient ensemble, depuis la naissance du petit, quatre ans à ce rythme là, elle ne devait plus le supporter. Encore moins l'aimer. Il allait lui sortir le grand jeu. Il n'avait plus le choix de toute façon. Il était déjà raide dingue d'elle et même du mouflet. Qui n'avait pas pipé mot mais dont il devinait déjà que si sa mère ne changeait pas la donne, il finirait comme lui à 16 ans. Le cœur en lambeaux. En partance pour la rue. À se construire une autre famille.

38

Entre deux averses de coups, Evan et sa mère s'accrochaient l'un à l'autre. Ils étaient une force qui se répondait, d'un corps à l'autre, et qui tentait de grappiller, seconde après seconde, un espace de vie où ils échappaient à la mort. Le temps de croire qu'une porte allait s'ouvrir, ou même seulement une fenêtre, ne serait-ce qu'une lucarne sur leurs nuits devenues aussi noires que l'enfer était long.

Quand le père était absent et qu'eux seuls veillaient, dans les bras l'un de l'autre, alors tout devenait possible. La mère berçait l'enfant de promesses. Tirant sa force de la chaleur qui se répandait en elle, quand son fils la regardait et qu'elle avait espoir qu'il la comprenait.

Ils survivaient.

Attachés l'un à l'autre par la même certitude. Chacun ayant déjà grandement gagné son ciel, prouvé son courage, réussi à surmonter beaucoup d'épreuves.

Cela avait un sens, un jour ou l'autre, c'est certain quelque chose adviendrait qui les sauverait.

Et ce fut vrai, au moins le jour de la mort du père. Et les suivants. Pendant plusieurs mois, l'été fut là. Même en plein hiver. Par-dessus le givre et le froid, une respiration nouvelle. Un ciel immense au-dessus de leur tête. La chaine de solidarité qui se réactive.

L'engouement et l'espoir. Le possible sentiment d'apaisement. Une foi retrouvée et comme par enchantement, les premiers sourires d'Evan. Ce regard pur, presque translucide et lumineux sur la vie. Ces mèches blondes, souples, scintillantes. Cette douceur qui englobe sa mère comme une parade.

Enfin l'enfant peut s'exprimer. Donner à voir. Entendre. Sentir. Une sensibilité à fleur de peau pour un si jeune garçon mais n'est-ce pas normal ?

Des gestes lents, fins, déliés. Une posture souple. Une délicatesse qui éclot. Et enfin, ce premier mot, tant attendu. Cette voix qu'elle ne pensait jamais entendre.

Ce « maman » tant désiré. Cette magie de l'instant qui efface tout et réinitialise la puissance organique à cette seule volonté : une incarnation pleine et entière.

Qui se donne enfin le droit d'exister.

Evan.

39

Faire parler les gens. Apprendre des confidences. S'intéresser. Tirer parti de chaque indice. Sans avoir l'air de rien sinon d'être en empathie, d'écouter, de vouloir comprendre. Tout ce qu'Ivy avait dû faire en l'espace d'une soirée avec la mère de Lucas pour en savoir assez sur son charognard de mari, un certain Serge T. afin d'improviser sa vengeance. À moins que mademoiselle T., Sandra de son prénom, n'ait consciemment donné du grain à moudre à Ivy, qui l'ayant sauvée une fois, pouvait bien recommencer une seconde fois. Les demandes des gens étaient souvent implicites. Rarement assumées. Surtout chez les victimes qui, si ça tournait mal, pouvaient toujours jurer qu'elles n'avaient rien réclamé.

C'était aussi faux que leur propension à se plaindre mais c'était souvent la première étape pour s'en sortir.

Ivy le savait, elle-même était passée par là.

En tout cas, agir ainsi, par ricochet, était un sacré défi pour Ivy, alors que jusqu'ici, elle n'avait rien laissé au hasard. La préparation, tout le b.a.ba de la réussite ! Mais l'occasion était trop belle. Cette ordure de Serge T. était à lui tout seul une caricature et une façon pour Ivy de se racheter. Un patient zéro inespéré.

Une chance dans ce merdier, l'homme avait une routine. Comme tous les types de son espèce qui avaient un visage de façade et une sale gueule en vérité. Ils ne pouvaient porter en permanence leur masque de légitimité. C'était trop de contraintes, d'exigences, de *self control*. Aussi, ils se contentaient des seules heures ouvrées qu'exigeait la société. Quand ils travaillaient.

Là, rien ne pouvait les départir de leur respectabilité. Ils avaient trop à perdre. La bonne opinion des autres leur était nécessaire. Elle garantissait leur impunité. Qu'est-ce qu'une femme aurait à dire face à des collègues, des amis, des employeurs qui n'avaient que des louanges à lui adresser ? C'est ainsi qu'il avait assis sa position auprès de son épouse. Que sa tyrannie domestique avait commencé. Puis s'était approfondie. Et qu'elle était en train de s'étendre à Lucas.

Ivy n'avait pas eu trop de questions à poser pour connaitre l'emploi du temps du personnage et la seule brèche où elle pourrait le choper. C'était bien à son lieu de travail. Le midi. Quand son équipe allait déjeuner et que lui seul gardait la boutique. Une stratégie pour se faire bien voir, avait commenté sa femme. Et aussi pour pouvoir partir plus tôt. Ne jamais laisser sa famille seule trop longtemps. Être là en permanence. Sous pression constante. Ne rien lâcher.

40

Lo n'était pas dupe. Ni d'Ivy, ni de BG. Encore moins de lui. Il les avait vus se débattre, chacun leur tour. C'en était presque drôle tellement c'était flagrant. BG en cupidon, Ivy en guerrière. Dans leur meilleur rôle.

L'un pour charmer la mère, l'autre pour lui soutirer des informations.

Les deux, croyant secourir mère et enfant. Alors que chacun poussait son avantage pour, en réalité, répondre à ses propres besoins. Immenses leurs besoins. Tentaculaires. Béants. Des mômes qu'on avait à ce point brisés étaient devenus des puits sans fond.

Ce que voulait réellement la jeune Sandra était une autre histoire. Elle était là, au milieu d'eux, croyant peut-être saisir une chance. Pouvoir quitter son mari, refaire sa vie. Se donner une seconde chance. À moins que ce ne soit déjà la troisième ou la quatrième. Si jeune et déjà bien marquée la maman. Lo savait les reconnaitre. Elle était comme eux. Un animal blessé.

Ils se ressemblaient tous les quatre, ça pouvait marcher, ce n'était pas le problème. Mais lui, Lo, allait encore devoir les protéger. Être là. À dresser des murs. À baliser le terrain.

Hallucinant qu'ils puissent avancer ainsi depuis neuf ans sans se rendre compte à quel point il leur sauve les miches à chaque fois. Il était le plus mature des trois. Celui qui portait la tête sur les épaules. Qui avait décidé de remiser son cœur dans l'oubli. Dépassé le stade des émotions. Mort depuis longtemps. Enterré à l'intérieur.

Il avait trouvé la parade. Dans sa bulle. Derrière ses écrans. Un peu par procuration.

Avec le sentiment d'exister au moins pour les deux autres. Qui ne lui demandaient rien que d'être lui-même. Un petit génie. Qui trouvait toujours des solutions. Qui rattrapait les coups. Effacer leurs traces. Parer aux impondérables.

Est-ce qu'ils allaient devoir tout quitter, encore, du jour au lendemain ?

Se cacher ?

À quel point Ivy était-elle en train de péter les plombs ?

Pour l'instant, il n'en savait rien mais il veillait. Comme il l'avait toujours fait. En gardant le silence sur tout. Parce qu'ils étaient sa famille.

Et que parfois, comme hier soir, il pouvait presque en ressentir la chaleur. Ce truc dans les veines qui pulse un peu plus fort que d'habitude.

Alors il se disait qu'il n'était pas mort.

Pas tout à fait. Pas vraiment.

Pas encore.

41

Un sursis, un espoir, une illusion.

La mort du père avait donné congé à la peur.

Evan déployait ses ailes. Toujours lent et précautionneux mais moins apathique.

Et les mots s'enchainaient. Qui faisaient presque des phrases. Qui faisaient sourire la mère. Sa mère qui embellissait. Qui reprenait vie. Et se remit à chanter. Comme avant. Il y a longtemps. Du temps de ses parents.

De braves gens. Partis trop tôt, trop vite. Sans rien laisser derrière eux. Que cette maison où Evan pouvait enfin grandir, s'ébattre. Qu'elle pouvait réaménager. Vider. Aérer. Libérer. Nettoyer.

En donnant place au silence. Étourdissant ce silence. Sans portes qui claquent, sans verres qui se brisent, sans assiettes qui volent, sans chien qui mord. Les stigmates de sa vie passée étaient encore bien présents sur le corps de la mère, traces de boucle de ceinture, de morsures, de brûlures et ne laissaient aucun répit à sa mémoire.

Et pourtant, elle chantait. Entre deux envolées de silence, elle osait monter le son de sa propre voix. Sa voix qui s'était tue pendant toutes ces années. Qui avait hurlé en dedans. Qu'il lui fallait maintenant apprivoiser.

Et Evan la regardait, fasciné. Il découvrait le bonheur. Cette nouvelle énergie qui était en train de transformer sa mère en Diva. Qui dansait et tournoyait avec lui.

Alors il tapait des mains, scotché à sa jambe, sa taille, au creux de son décolleté. Lui qu'elle n'avait jamais allaité, il cherchait son sein. Sec et ballant mais si doux. Enfin disponible.

Des mois de frustration remplacés par des semaines de fusion réciproque. Quelques heures qui chassaient l'hiver et apportaient le printemps.

Un sursis, un espoir, une illusion.

Juste avant le retour du monstre.

42

Minimiser les risques.

Se pointer à 13 heures quand tous les rats ont quitté le navire. Passer devant une brasserie, celle du coin de la rue, les voir assis en train de manger. Même logo apposé sur la veste. Calculer leur temps de pause jusqu'au café. Se donner une fourchette de cinq minutes maximum. Optimiser ses chances de réussite en ayant préalablement changé de look.

Veste en cuir. Jeans. Santiag. Lunettes de soleil noires. Et fine moustache.

Dans le même élan mesuré, pénétrer dans le hall principal du concessionnaire. Entendre un léger tintinnabule résonner dans son dos. Voir arriver le vendeur, costume cravate de rigueur, avenant, voire arrogant, déjà persuadé de conclure une affaire.

Le reconnaitre aussitôt, se forcer à sourire, zieuter à droite et gauche, faire mine d'être intéressé par l'un ou l'autre modèle d'exposition et l'entendre penser illico.

Voilà à quoi ça sert de ne pas sortir déjeuner, d'être sur le pont, quasi h24. Des tas d'affaires sont conclues sur des temps de pause. Les hommes qui s'aventurent à ce moment-là savent déjà ce qu'ils veulent. Ce n'est pas leur première fois. Ils ont déjà eu le temps de rêver plusieurs fois à l'une des voitures qui s'affichent, rutilantes, derrière les grandes baies vitrées. À cette heure-ci, ils sont certains d'être le seul client. Ils pensent qu'on va les chouchouter. Celui-là va choisir à coup sûr l'Alpha Roméo. Il l'a regardée en premier. Ou peut-être pas. La Ford Mustang irait plus avec le bonhomme. Oui, 10 contre 1, la Mustang, c'est couru d'avance. Un pari avec lui-même qu'il n'avait jamais perdu. C'était là son talent. Un flair pour toutes les bonnes affaires. Ça serait sa seconde vente de cette matinée. Ce qui annonçait une journée plutôt réussie. Et le mettait de bonne humeur.

Il était en train de se dire que la roue tournait. Que la bête allait enfin pouvoir lui foutre la paix. Cette espèce de crevure intérieure qui le faisait sortir de ses gonds. Quand tout allait de travers et qu'il n'était pas le meilleur. Au-dessus des autres. Ses collègues. Que des bons à rien. Qu'il devait supporter à longueur de journée.

Son weekend avait été chaotique. Il avait encore pété les plombs. Et cette fois-ci, quelqu'un s'en était mêlé. Devant tout le monde. Une poufiasse habillée comme un pingouin. Imbaisable et sûrement mal baisée. N'empêche qu'elle l'avait allumé sérieux.

À force de faire le con, il allait se faire choper. Il prévoyait de faire machine arrière. Au moins quelque temps. Le temps d'apaiser sa femme, son môme. Ils s'étaient enfuis tous les deux. Et c'était bien la première fois que ça arrivait. Il n'en avait pas dormi de la nuit.

Au fond, il les aimait, à sa façon, pas toujours clean, c'est vrai mais il ne le faisait pas exprès. C'était en lui, plus fort que lui. Il dérapait toujours. Il se promit à lui-même que s'il gagnait son pari et que le jeune type repartait avec la Force Mustang, il se rachèterait une conduite. Il les emmènerait en weekend. Quelque part à la mer. Le gosse adorait ça. Et Sandra redevenait joueuse.

L'effet des crustacés ou de l'iode, il ne savait plus, mais il avait lu ça quelque part et à chaque fois, ça marchait.

Sauf que cette fois-ci, il était trop tard.

Son flair l'avait trahi.

Il n'avait rien senti. Rien vu venir.

Rien de la main droite que l'homme lui avait tendue, pendant que l'autre, la gauche, simultanément, décrivait un arc de cercle et venait se ficher dans ses côtes.

Ce fut comme un tour de passe-passe. Orchestré en quelques secondes. Il en resta tétanisé de douleurs, incapable d'émettre un son. Suffisamment pour qu'Ivy prenne son temps, trouve sa jugulaire, que le corps de l'homme s'engourdisse et qu'au moment de tomber au sol, alors qu'elle s'enfuyait déjà, il comprenne. Cette silhouette lui était familière. Comme un air de déjà-vu. Il en aurait mis sa main à couper. Il connaissait son assassin. Il l'avait sur le bout de la langue et en même temps, son esprit s'embrouillait. Il aurait voulu ramper, attraper son téléphone portable dans sa poche mais son corps ne répondait plus.

Il se fit l'effet d'une limace en fin de vie.

Comme si c'était là, la dernière pensée qui devait l'accompagner. Une limace en fin de vie.

Pitoyable.

43

Le monstre. Revenu du passé. Comme par hasard. Alors que la mère était de nouveau seule. Avec Evan mais seule, sans homme pour la protéger. L'un chassant l'autre. Fatalité de merde. À croire que la vie s'acharnait.

Le monstre. Que personne n'avait revu depuis des années. Dont elle savait qu'il avait purgé une peine. Trop courte puisqu'il était de nouveau dehors.

À moins qu'il ne se soit racheté une conduite comme il disait.

Il avait pris du poids. S'était fait pousser les cheveux qu'il avait rasés à l'époque. L'ensemble propret. Sans rien qui dépasse. Tatouages remisés sous des manches longues. Encore cette foutue manie de fumer des cigarillos pourtant. Odeur qui pouvait vous poursuivre pendant des jours. Qui l'avait, elle, poursuivie pendant des années.

Il avait tout de même tenu à fumer dehors, s'était même essuyé les pieds avant d'entrer. Puis il avait raconté son travail. Dans une station service. Six mois qu'il y était. Il faisait ses preuves. Il avait dit ça comme pour s'excuser. De pas être venu la voir avant. Il voulait être sûr. Que tout allait bien pour elle. Qu'elle était en bonne forme…

Enfin, voilà, ça n'avait pas été facile mais c'était fait. Il avait remonté la pente.

Il avait presque la voix cassée. Un voile d'eau dans le fond de l'œil. Et puis il avait apporté un cadeau pour le gosse. Une peluche comme celle des fêtes foraines. Énorme et laide. C'est ce qu'avait pensé la mère. Même Evan avait été réticent.

D'ailleurs, il avait eu cette attitude qu'il n'avait plus depuis que le père était mort. Cette façon de se replier sur lui-même. Et de mettre son pouce dans la bouche. Alors la mère s'était méfiée. De toute façon elle se serait méfiée.

Quand on nait monstre c'est pour la vie. Personne ne peut soigner ça. Surtout pas des années de prison. Il ne pouvait pas avoir oublié qui il était. Ni ce qu'il avait fait. Elle, en tout cas, ne pouvait pas. Même s'ils n'en reparlaient pas.

Pourtant il était revenu une fois, puis deux, puis plein d'autres. Avec, à chaque fois, un cadeau et une enveloppe. Pour le gosse et elle. Et elle l'avait laissé faire.

La seconde fois il lui avait présenté sa nouvelle femme, Christine. La pauvre, elle ne savait pas où elle mettait les pieds. Mais bon elle semblait heureuse. En tout cas, consentante. La mère, elle n'avait pas su quoi dire.

Ils semblaient en paix tous les deux.

Alors elle l'avait cru.

44

Ivy ne ressentait plus rien. Ni montée ni chute d'adrénaline. Rien. Pas même l'envie de voir apparaitre le fantôme de sa mère comme pour justifier ses actes. Encore un qui ne survivrait pas. Le travail avait été fait. La vie avec un grand V pouvait reprendre son cours. Une sorte d'invincibilité était en train de l'anesthésier totalement. La preuve qu'elle était sur le bon chemin. Celui de la délivrance. La sienne. La leur aussi. À tous ces pauvres hères qu'elle libérait de leur misérable condition. Qui n'avaient pas su tirer parti d'être sur terre. Tenter de faire le bien, ou à défaut, le moins de mal possible. Et si elle, elle respirait mieux, alors l'univers aussi. Ça gazouillait autour d'elle. Petit moineau en train de piailler le retour du printemps. À quelques semaines de mars. Comme un chant de bénédictions. Une preuve de plus.

Et ça lui donnait des idées. Une ambition plus haute. Fini de se ronger le nombril. D'agir en égoïste. Elle devait s'attaquer à plus grand, plus vaste. Les salauds ne manquaient pas. Partout où elle était passée existaient de gros poissons dégueulasses qui nageaient en eaux troubles depuis trop longtemps. Avec un certificat de bienséance qu'il était temps de déchirer. Maire, professeur, directeur de banque, de maison de retraite. Et pas que des hommes, des femmes aussi. DRH, assistante de vie scolaire, infirmière.

Partout où elle avait vécu, ne serait-ce qu'une semaine parfois, avec les garçons, elle avait été témoin. Comme des milliers de gens le sont chaque jour. En se résignant. Sous peine d'ingérence. Ou de trahison. Ou de perdre son boulot. Son logement. Le peu qu'il reste à certains de vivre. Sa dignité en premier. Qui permet alors à l'impensable de se perpétrer.

BG et Lo aussi en avaient fait les frais. Elle en avait l'intuition. Même s'ils n'en parlaient pas. Jamais. Une histoire qu'ils préservaient jalousement. Ivy avait tenté de savoir au début puis elle avait vite laissé tomber. *Stop. Jardin secret. On ne touche pas.*

Leur leitmotiv, à l'unisson. Une règle basique et essentielle de leur communauté. Si elle avait été déçue au départ, elle ne l'était plus aujourd'hui. Cette règle lui facilitait bien la vie et ses nouvelles ambitions. Et pourtant elle aurait aimé faire pour eux ce qu'elle avait accompli pour elle. Endormir leurs démons une bonne fois pour toutes. Les rendre libres. Sans entrave.

Pour ne plus jamais avoir à les entendre pleurer. Certaines nuits. Comme des gosses.

45

BG était à mille lieues de son passé. Loin, très loin des regrets d'Ivy et de tout esprit de vengeance. La journée s'annonçait comme la soirée d'hier. Belle. Lumineuse. Magique.

Il avait commencé par se lever tôt, sans faire de bruit, sacrément ému de voir Sandra et son fils Lucas, emmêlés sur son canapé, dans son salon, sa maison. Il était resté en arrêt quelques minutes, en retenant sa respiration puis il avait eu peur que sa seule présence ne les réveille. Les pulsations dans sa cage thoracique faisaient un boucan du diable. Impossible de ne pas réveiller toute la rue avec ça. Alors il était sorti.

Reprendre son souffle. Apaiser ses battements de cœur. Faire la razzia à la boulangerie du coin, consommer deux cafés au bar-tabac de la place et enfin rentrer. Tranquillement. Comme si tout était normal. De les trouver réveillés. Affamés. Souriants. Sagement assis à la table de la cuisine. Lucas, un verre de lait posé devant lui. Sandra, un bol de thé. Il avait agité ses viennoiseries sous leur nez et ils s'étaient offert un énorme petit déjeuner.

Tous ensemble, comme hier. Une famille.

Un peu avant, sur le chemin, il avait passé quelques coups de fil et dès midi, deux cartons leur étaient livrés. Un circuit électrique, double looping pour le gosse qu'ils mettraient sûrement l'après-midi à monter et un nouveau téléphone portable pour Sandra. Un Samsung dernière génération. Avec une coque en silicone bleu ciel, comme ses yeux.

C'était la première chose à faire quand tu t'enfuis, avait-il argumenté, le plus doucement possible. Il faut couper court à tout. Absolument tout. Ne plus être joignable. Ni visible. Ni rien. Tu as tes papiers sur toi, c'est tout ce qui compte. Tes papiers, ta vie et ton fils. Tu me fais confiance, avait-il demandé encore plus doucement tandis qu'elle lui donnait son ancien portable et qu'il le détruisait devant elle.

Elle avait souri, comme si en fait, tout ça lui était égal. Qu'elle avait dépassé le stade de tout comprendre. Ce qui s'était passé depuis hier. Ce qu'elle faisait là. Pourquoi Lucas semblait à l'aise dans cette maison. Une partie d'elle était calme. Sans peur. L'autre ne voulait plus réfléchir. Elle se disait que c'était peut-être ça la vie. Ne plus avoir peur. Ne pas réfléchir. Se laisser porter. Et plonger dans ce nouveau sourire. Ce nouveau visage. Un comme elle n'en avait jamais vu. Qui semblait vrai. Sans entourloupe.

Pendant ce temps, BG carburait à plein régime. Pour deux. Évidemment le logement n'était pas à son nom. Évidemment elle n'avait pas de voiture. Ni de boulot. Femme au foyer, la meilleure arnaque pour des types comme son Serge T. Même pas son mari. Qui en plus n'avait aucun droit sur l'enfant. Ça c'était la bonne nouvelle.

Et puis, elle avait l'air de trouver tout ça normal. Cette tribu qui l'accueillait et voulait l'aider. Peut-être cette facilité à se laisser prendre en charge, à être secourue. De la même façon que l'avait fait Serge T en son temps.

BG en était conscient. Il voyait la proie. C'était presque trop facile.

Eux aussi, il n'y a pas si longtemps encore, avaient été des proies. Mais ils s'en étaient sortis. Bien sortis. Alors il ferait en sorte que pour Sandra aussi. En lui évitant les galères qu'eux avaient traversées. Elle avait déjà assez morflé. Il ne profiterait pas de l'occasion.

Il ne serait pas comme son propre beau-père. Qui avait farci la tête de sa mère de tout un tas de conneries jusqu'à ce qu'elle lui dise, à lui son fils, de déguerpir. Il avait 15 ans, trois mois, et six jours. À peine quinze balles en poche et un sac avec trois fringues, deux livres et une banane.

La banane, elle l'avait rajoutée quand il allait franchir le portail en lui murmurant qu'il pourrait revenir bientôt. Le temps que ça se calme entre lui et le beau-père. Qu'il ne s'en fasse pas. Elle le rappellerait.

Il ne l'avait jamais laissé faire. Et n'avait plus jamais mangé de banane non plus. Il avait disparu. Préférant se risquer à rejoindre Lo dans son bouge de fortune. Là où personne ne viendrait plus les emmerder. Et leur dire comment se comporter. Qui être. Ou quoi faire. Et pour Sandra, ça serait idem.

Il allait l'aimer, elle et son fils. Ça serait sa façon à lui de tout racheter. L'amour, il n'avait jamais cherché que ça toute sa vie. Et pour une fois, c'était venu à lui. Sans rien demander.

Sans épuiser ses poings au fond des caves.

Ça, c'était un vrai signe, une vraie chance.
Peut-être la première en 25 ans d'âge.

46

Encore un peu d'illusions. Quelques mois.
Non des années. Peut-être cinq ou sept. Le monstre
est si sournois. Il travaille par à-coups. Il repart. Il
revient. Il s'excuse. Il pleure. Beaucoup. Souvent.
Repenti. Puis humilié. Et de nouveau en colère.

Il prépare le terrain. En couveuse. Comme une
grenouille qu'on réchauffe à petit feu.
Graduellement. Et la mère se laisse piéger. Elle le
sait elle va devenir folle. Souvent elle n'en peut
plus. Mais elle fait face. En silence. Vaillamment.
Comme elle a toujours fait. Elle n'a rien à attendre
des autres. Peut-être en ville. Ailleurs. Mais pas ici.
Au village. Dans la dernière maison, presque à la
limite du bois. Où personne ne s'aventure jamais.
Les voisins savent bien que ces deux-là y vivent.
Ou y survivent. *Si c'est pas malheureux.*

Il aurait fallu partir il y a longtemps. Tout
vendre ou tout brûler. Mais la mère n'a jamais rien
voulu savoir. Y a eu de bons souvenirs ici. Avant.
Avec les parents.

C'est pas la faute de la maison si tout va mal
depuis leur départ.

Elle sait bien que le monstre est le seul
coupable. Elle sait aussi pourquoi. Alors elle subit.

Encore. En silence. Sa présence. Et toute sa
colère. Contre elle évidemment et la vie. Et sa
femme Christine, qui de fait, en a eu marre.

Qui s'est tirée, elle. Le laissant comme un con.

Alors, il faut bien que quelqu'un paie.

Une autre femme. Qui a un enfant en plus. La pute. Alors que lui n'en a pas. Et la jalousie, encore, qui se mêle de tout. Cette jalousie. Vivace en lui. Depuis toujours.

Pour tout. Pour rien. Surtout pour rien.

Evan et sa mère n'ont pas une vie que l'on peut envier. Loin de là. Vivant chichement dans la maison maternelle. Le seul bien qu'elle possède. Peut-être ce que convoite le monstre.

Qui vient sans frapper.

À n'importe quelle heure.

Soul le plus souvent.

Elle, la mère, elle fait des ménages. Pour être là souvent. Près d'Evan qui grandit mais ne se détache pas. Toujours aussi fragile. Trop doux pour l'école, les jeux de garçon, la violence du monde. Evan la chochotte comme l'appelle à présent le monstre.

Qui pleure de nouveau. Fait pipi au lit. Suce son pouce. Ne veut rien savoir de l'école. Des autres. De l'extérieur. Qui se cache dans le placard de la mère. Respire son parfum. S'enroule dans ses robes. Qui quémande une chanson, ses grands yeux pour le regarder et sa voix pour le rassurer. Sa mère comme un océan où il se noie.

Et puis un jour, Ivy.

Une scène surréaliste mais ô combien réconfortante. Rassurante. Et émouvante.

Sa tribu, ancienne et nouvelle, dans le salon, en train de jouer au train électrique. Assise par terre comme des gosses. Revenue à l'état d'enfance.

Lucas, sérieux, concentré, qui tient sa manette de jeu et suit des yeux sa voiture comme l'huile sur le feu, sa mère à ses côtés qui le couve du regard comme si elle le redécouvrait et les deux grands benêts, Lo et BG, allongés au sol qui se chamaillent et s'arrachent la seconde manette pour mettre la pâtée à ce satané gosse qui, selon leurs invectives, a déjà tout compris de la stratégie à adopter. Accélération, freinage, roue libre. Il anticipe la trajectoire comme un pro et enchaine les tours de piste autant de fois que leur voiture se fait éjecter du circuit.

Ivy voit bien que Lucas réprime un sourire, que sa mère se sent fière et que les garçons en rajoutent. Tous à ce point hypnotisés qu'ils ne l'entendent pas arriver et sursautent d'un même mouvement quand elle vient s'échouer au milieu d'eux. Le temps de lui sourire, pas de parler, juste de lui sourire et ils reprennent là où ils en étaient, imperturbables.

Elle les regarde, attendrie, soulagée, fière. Et dans son cœur une émotion lui arrache un petit cri qu'elle tente de dissimuler aussitôt. C'est comme une avalanche de tendresse qui l'étreint. Un moment qu'elle voudrait faire durer. Pour lequel, elle est prête à recommencer. Sans culpabilité.

Les sept charognards. L'enflure de ce matin. Le demi qui attend. Attendra encore. Le temps d'être là, de faire durer cette nouvelle alchimie. Ce miracle.

Complètement fou ce qui est en train de se passer. Sauver un gosse, par pur hasard, jamais elle n'aurait dû se trouver dans cet hôtel ce soir-là et se retrouver 24 heures plus tard, à ressentir tout l'amour du monde dans un jeu de course poursuite qui met toute sa tribu d'accord.

Lucas qui finit par éjecter une énième fois la voiture des garçons et qui rit, cette fois-ci, à gorge déployée. Et plus BG promet les pires souffrances à Lo, qui ne sait évidemment pas tenir une manette, plus le rire de Lucas se répercute. Sandra, sa mère, est prise dans la liesse. Avec tout de même une certaine retenue. Ivy la regarde et lui sourit, comme pour la soutenir. Ses yeux sont sur le point de déborder. Elle peut presque ressentir ses questions et sa peur.

Depuis quand son fils n'a-t-il pas ri comme ça devant elle ? Depuis quand ne s'est-elle pas sentie aussi bien ? À quel moment le rêve s'écroule, la magie s'arrête et la réalité laborieuse revient au galop ?

Ivy voudrait la rassurer. Lui dire que tout va bien. Ira bien. Désormais et pour longtemps. Alors elle la regarde, intensément. Pour que le message passe.

D'âme à âme.

De cœur à cœur.

De femme à femme.

Comme si c'était possible.

Quand Evan rencontre Ivy, il est déjà presque adolescent. Mal dans sa vie, son corps, son âme, il a compris que la vie est une épreuve. Un quotidien de douleur. Une course contre la mort. Il la côtoie depuis toujours, se met à l'espérer, la provoque. Fatalité ou délivrance, c'est sans importance.

La mort n'a pas seulement la gueule du monstre, elle a aussi l'apparence de sa mère comme un fantôme d'elle-même. Percluse de douleurs. Et qui sombre peu à peu dans la folie.

Sa mère qui a rendu les armes. Qui le laisse seul. S'est mise à boire. S'absente. D'elle-même. De la vie. De tout ce qui pourrait encore la toucher.

Evan qui part avec elle. Se dissout. N'a pas le cœur assez solide pour se battre. Et puis un jour, au collège, une nouvelle élève.

Ivy.

Qui apparait comme une lumière. Un phare en pleine mer. Que tout le monde aime. Qui ressemble étrangement à sa mère. Ou le souvenir qu'il en a. Des bribes et quelques photos. Dans cet intervalle où elle a pu chanter, l'aimer, le protéger. Être là. Tellement là. Et si belle. Ivy si forte et courageuse. Qui ne craint rien ni personne. N'en a pas besoin. Arrivée en cours d'année et déjà aimée de tous. Fille et déjà femme. Superbement féminine. Et douce.

Cette facilité dans tout, cette grâce naturelle. Ses parents sont pharmaciens.

Eux aussi ils sont beaux.

Et forts.

Ils habitent la plus belle maison du village. En plein centre.

C'est là qu'Evan voudrait vivre. C'est à la place d'Ivy qu'Evan voudrait être.

À quel moment la vie lui a joué un sale tour ? Ne l'a pas déposé au bon endroit ?

Corps, âme, esprit. Tout est faux. Trajectoire catapultée dans un foutoir sans nom.

Et plus Ivy apparait, plus l'erreur de sa vie devient grossière, énorme, incontournable.

Plus sa mère périclite, s'enferre, se noie.

Ivy, sa mère, les deux faces d'une même réalité.

Deux univers que la vie fait se côtoyer en permanence. La misère de l'une ou la beauté de l'autre. Comme une provocation posée là, attendant le geste final. Pour redistribuer les cartes. Celles de la mère, c'était à prévoir Un soir comme un autre. Non, plus qu'un autre.

Sa mère, fatiguée, lasse, épuisée, lessivée, pressée en dernier ressort. Le monstre en overdose. Et la vie en horreur.

Le besoin de dormir.

Mélange d'alcool et de médicaments.

49

Y'a pas à dire, BG sait y faire. Avec les femmes, avec les gosses. Et même avec lui. Lo s'est laissé entrainer dans cet après-midi hors temps. Sous prétexte de l'aider à monter le circuit, *allez s'il te plait, pour le gosse, vont pas s'envoler tes écrans, je te jure, ça prendra 5 minutes, ça va me durer des plombes, sinon*, lui, Lo, est bel et bien sorti de sa bulle, de son temple, de ses réserves.

Il a baissé la garde. Comme encore jamais depuis leur rencontre à tous.

Bien sûr, la candeur de BG, son enthousiasme, la joie du môme, l'attitude de la mère, tout en gratitude et en retenue.

Bien sûr, tout ça. Mais pas que.

Quelque chose aussi de plus profond, de très lointain. Niché quelque part. Dans ce vivant en lui. Cette même scène, ailleurs, dans un autre temps. Qui était remontée à la surface. Qui l'a appelé. Happé. Qui l'a fait mordre à l'hameçon.

Est-ce qu'il le regrette, ce soir, de retour dans son antre, lumière rouge placardée ?

La réponse est pour le moins confuse.

Les souvenirs, le passé, la nostalgie sont des pièges. Un travers à éviter. Pour avancer. Ne pas replonger. Tenir debout.

À l'époque, il avait tout ce qu'un adolescent peut désirer dans la vie. Des parents. Une maison à la campagne. À la mer. En ville. De l'argent. Beaucoup d'argent. Équitation, école privée, nurse anglaise, vacances au ski, à l'étranger. Weekend en yacht. Gavé au biberon du luxe et de la facilité. Avec des tas de circuits 24, hors compétition.

Très très loin de ce qu'avaient pu connaitre ses deux amis.

La drogue n'avait été qu'une expérience de plus et/ou de trop.

À partir de là, tout était parti en couille.

Une année de descente aux enfers.

L'année de ses 15 ans. De sa mort intérieure. L'âge de sa rébellion qui avait rimé avec dépression. Beaucoup trop de questions existentielles dans la tête et aucune réponse satisfaisante. À se demander même s'il existait réellement. S'il ne vivait pas dans un film. Dans la tête d'un scénariste fou ou d'un dieu incompétent. Contraint de se scarifier sous peine de ne plus se sentir exister. Encouragé à fumer, à sortir, boire, s'amuser.

À seize ans, après une sortie de cure réussie, il avait été émancipé. Décision unanime et irrévocable. Comme il faisait tache dans le paysage, dans les ambitions du père et surtout du frère, de cinq ans son ainé, en route vers l'ENA, on l'avait invité à disparaitre des radars.

On, c'était son père mais aussi, surtout, sa mère. Qui n'avait trouvé que cette solution pour lui mettre du plomb dans la tête. *Pour son bien. Afin qu'il réagisse. Qu'il aille apprendre la vie dehors. Et revienne quand il serait calmé. Un virement conséquent en banque.*

Discours de parade qui avait servi sa cause et sauvé ses miches. In extremis.

Alors que c'est elle, sa propre mère, qui au départ, l'avait initié. Elle qui lui avait fourré son premier joint dans les mains. *Pour qu'il s'apaise. Se détende. Qu'il arrête de prendre la tête à tout le monde. Et qu'il apprenne à s'amuser. Ça marchait super bien pour elle. Depuis toujours. Mais c'est entre nous, hein, ne le dis pas à ton père.*

Bien sûr qu'il n'avait rien dit. Sauf qu'il s'était fait prendre au piège de l'escalade. Qu'il avait aimé ça. Qu'il n'avait pas pu, pas su s'arrêter. Il n'était pas assez solide.

Planer au-dessus de lui et d'eux était devenu sa seule ressource. Face à l'hypocrisie de son milieu, au système, aux valeurs imposées. À son grand vide intérieur. À seize ans passé, rejeté par sa famille, trahi par sa mère, il avait sombré une nouvelle fois, avant d'être rejoint par BG puis par Ivy.

Et comme eux, il n'avait rien pardonné. N'était jamais revenu. Il aurait pu pourtant. Ça aurait été facile. Des excuses, des promesses et il aurait joué le jeu. Repris sa place. Une place respectable, respectée, convoitée même. Mais il y avait eu cet épisode. Loin de ce monde policé et moralisateur. Il y avait eu sa vie, pendant quelques mois, ramenée à sa plus simple expression. À l'essentiel. Dans une grande nudité. Et il avait aimé.

Il avait aimé qu'on n'attende rien de lui. Qu'on ne juge pas chacun de ses faits et gestes. Qu'il ne soit pas obligé d'être performant. Premier. Infaillible.

Il avait aimé que BG soit ce qu'il est et Ivy aussi. Sans tricher. Jamais.

Le temps avait passé. Coupé de son milieu. Et du monde en général. Derrière ses écrans.

Une passion découverte dans l'oisiveté. Un manuel qui trainait là « Apprenez le java script ». Auquel il avait tout compris. Pour lequel il n'avait eu aucun effort à faire. Comme si c'était inné. Ce langage basique, réduit à des chiffres, des codes, des interfaces. Rien de personnel. Que des méthodes à appliquer. Sans affect.

Une facilité déconcertante à pénétrer cet autre monde. Là où peu de gens vont. Qui n'existe pas, pas vraiment mais où se passent tellement de choses. La preuve que rien n'existait vraiment. Ou alors dans le système de quelque chose ou quelqu'un d'autre. Une simplicité de débutant à pirater son propre père, à créer une ligne de plus, à détourner une somme, chaque mois, qui servait les intérêts de la tribu. Même pas du vol. Une simple ligne créatrice dans un logiciel. Virtuelle.

Une goutte d'eau dans l'océan de ce à quoi il avait renoncé. Jusqu'à cet après-midi. Le circuit 24. Qui l'avait rendu heureux. Comme étant enfant. Une nostalgie qu'il avait crue dépassée. Qui avait ouvert une brèche. Tendu un piège. Ravivé une plaie. Des larmes. Presque une colère. Et tout de suite après la parade. La seule efficace.

Le point zéro.

Un truc qu'il avait appris pendant sa cure et qui marchait à tous les coups. Le point zéro, celui auquel il se connecte quand il lui faut revenir à une juste place. Au juste milieu. Sans émotion. Avec recul. Respirer, invoquer le point zéro en soi et sentir se dissoudre toute émotion.

Tenir debout. Ne plus rien ressentir.

Continuer.

50

Un 14 février. Comme une volte-face à cette arnaque nommée amour. À moins que ce ne soit pur hasard. Une connivence de plus. Entre le diable et la vie. Entre l'enfer et la mort.

Sa mère, sa moitié d'âme, sur le canapé du salon, télé allumée, yeux grand ouverts.

Morte.

Qu'Evan découvre en rentrant d'une énième journée à fantasmer une vie qu'il n'aura jamais. Ivy comme un miroir, un modèle. Une frustration.

La douleur, la rage, la folie. Dans quel ordre et pourquoi ? Qui sait ce qui peut naitre d'un enfant au bout de seize ans ?

La certitude d'être perdu. Définitivement seul. Abandonné à lui-même. Qui trouve refuge dans la chambre de la mère. Loin de son corps effondré. Froid. Sans respiration.

Mais là où son odeur est prégnante. Où il reste de la couleur, de la chaleur. De la douceur. Dans son placard à vêtements. Où sa mère ne peut plus lui interdire l'accès. Tous ses vêtements dans lesquels il s'enroulait enfant. Qu'il peut maintenant étaler sur le lit. Les robes, les sous-vêtements, les chaussures. Beauté surannée.

Qu'il respire et qu'il enserre. Et puis qu'il essaie. Enfin libéré. Devenir sa mère. Ou lui. Simplement. Dans ce corps qui lui fait défaut depuis le début.

Être ainsi affublé. Paré du seul bijou de sa mère. Une minuscule pierre scintillante, cachée au fond d'une boite. Une merveille à son cou. Ce cou si gracile, si fin, si blanc.

Qu'il peut dévoiler. Enfin. Loin des cols roulés. Des pantalons sans formes. De cet habillage de mascarade. Plus personne pour le lui interdire.

Cette féminité en lui qui fait irruption.

Pour la première fois.

Et qu'il affiche devant le grand miroir brisé.
D'où, une ultime fois, surgit le monstre.

51

Si la naïveté devait un jour être reproduite, personnifiée, déifiée même, elle aurait pour modèle Sandra, cette jeune mère, au regard tendre, à la foi intacte.

Cette foi presque aveugle, entière, sans aucune retenue qu'elle met dans les nouvelles rencontres. Les beaux discours. Les croissants. Et les joies du train électrique.

De la même façon que Serge T. l'a sortie d'un mauvais pas il y a trois ans ou que le père de Lucas ait pu lui faire un enfant à 18 ans, elle croit en chaque opportunité, bifurcation, rebondissement, croisement du destin. Le peu qu'elle a vu de cette tribu, cette journée qu'ils viennent de partager l'ont d'emblée convaincue. Et pour cause, elle n'a en elle aucune méchanceté. Aucune défiance.

La vie aurait pu lui donner raison de devenir suspicieuse, cadenassée, aussi solitaire et indépendante que ces trois-là mais elle n'y arrive pas. Elle n'apprend pas. Ce que la vie lui réserve est toujours mieux que de là où elle vient. Et ce n'est pas faux. Dans son histoire, à chaque fois, elle s'en tire de mieux en mieux. Il faut avouer aussi qu'elle est partie de loin. Bien plus loin que ce drôle de trio. Ça ne fait aucun doute qu'elle en a vu de toutes les couleurs. Et que plus rien ne l'effraie.

Mais c'est sans importance parce qu'elle oublie. Tout. Au fur et à mesure. C'est sa force. Son instinct de survie. Sans avoir à y penser, elle a cette espèce de mécanisme qui s'est mis en place tout seul, à son insu et qui lui a toujours permis de tout effacer, de passer à autre chose, de croire qu'à chaque fois, tout était possible.

C'est vrai, hier elle était faible, petite, apeurée. Mais aujourd'hui, elle est en sécurité. Et c'est tout ce qui compte. Naïveté encore ou foi immense ou dinguerie ou petit pois dans le cerveau, elle ne se pose jamais ce genre de questions. Ça appartient aux autres d'espérer croire qu'ils puissent la cerner ou la comprendre. Elle, elle s'en fout. Elle va toujours là où c'est le mieux. Jusqu'à ce que ça dégénère. Et qu'une autre chose se passe. Sa vie est ainsi faite. Par à-coups. Elle le sait. Et puis, à chaque fois qu'elle a tenté de partir d'elle-même, elle a échoué. Alors elle a compris, à force. C'est la vie qui décide. La vie qui offre. Prend. Ôte. Retranche. Donne encore.

La vie.

Et aussi les hommes.

52

Le monstre que personne n'attend mais qui vient toujours. De lui-même. À l'improviste. Chercher sa dose de violence. Sortir sa hargne. Vider son fiel. Et qui arrive trop tard.

La salope lui a échappé. Définitivement. Elle s'est foutue en l'air.

116

Il est comme un imbécile. Sans larmes. Les poings serrés au contraire. Il la regarde et ne découvre en lui qu'une frustration énorme. Comme si par son geste, elle s'adressait à lui, comme si elle se fichait de lui, ouvertement. *Bye, bye connard.*

Il est dépité. Ou fou furieux. En tout cas, hésitant à s'enfuir. Ne pas être mêlé à tout ça. Revenir quand tout sera fini. Il a déjà dans l'idée de récupérer la maison. Il foutra le fils dehors. Il sera vengé. Tout sera à lui. Même si ce n'est rien. Un taudis. Dont il jettera les souvenirs. Il pourra repartir à zéro. C'est ça. Se donner une chance.

Sa femme Christine reviendra. Avec son chagrin, elle pourrait bien lui pardonner. Et peut-être il fera un effort ? Pour le gosse. Cette mauviette. Qui le répugne. Ça dépendra de Christine. Enfin il verra.

Le mieux, là, serait de déguerpir.

Appeler le seul ami qui lui reste.

Qu'il n'a jamais eu. Et voir venir.

Il ne se sent pas de croiser Evan. Le gosse pourrait croire que c'est lui qui a occis sa mère. Toujours à la défendre. Il est maigre comme une endive et chochotte comme une pédale et pourtant il s'obstine.

C'est pas faute de lui avoir mis sa raclée. Plus souvent qu'à sa mère, ces derniers temps.

Le sens du sacrifice ce gosse. Bah là, il va être servi. Ça va être entre eux deux maintenant.

Et s'il veut rester, il va devoir filer droit.

Est-ce parce que ses pensées se bousculent, emplissent sa tête qu'il met du temps à entendre du bruit à l'étage ? Du temps à s'apercevoir qu'Evan est peut-être là ? Satané môme. Encore dans ses pattes. Pire. Dans la chambre de sa mère.

Habillé avec ses vêtements.

À faire la fille.

À faire la pute.

53

Depuis que la femme l'a sauvé, emporté, amené ici, que sa mère l'a suivi, qu'ils ont dormi, joué, et ri, Lucas a découvert quelque chose. Quelque chose de terrifiant. Qu'il doit garder secret. Ne pas montrer. Et surtout ne pas dire.

Il se sent heureux. Heureux comme il ne savait pas que ça puisse exister.

Alors que son père n'est plus là, qu'il s'est fait tabasser et que sa mère et lui se sont enfuis.

Pas une seule fois, depuis, il n'a eu cette boule dans le ventre qui lui coupe l'appétit. Il a dormi sans faire pipi au lit. Sans se réveiller. Sans pleurer. Il a vu sourire et même rire, sa mère.

Il a eu un nouveau jouet. Un train électrique comme il ne savait pas que ça existait. Et il a eu le droit de s'en servir. De crier. De rire. Et même de gagner.

Les deux hommes ne l'ont pas grondé. Jamais. Juste, un peu, entre eux et lui, Lucas, il a bien compris qu'ils le faisaient exprès, que c'était pour de faux. Après ça, il a pu regarder ses dessins animés, au moins une heure. Avec le son normal, et un jus d'orange et des madeleines pour le goûter.

Sa mère est venue à côté de lui. Elle est restée sans rien dire. Elle a pris sa main et lui il l'a laissé faire. Même si ça le démangeait de bouger. Il est resté contre elle.

Immobile.

Puis la femme qui les a sauvés est rentrée. Avec sa maman, elles sont allées dans la cuisine, préparer le diner. Et lui, il s'est un peu endormi.

Le soir, ils ont encore regardé un super film « L'âge de glace ». Il a eu le droit de rester jusqu'à la fin. Puis cette fois, il s'est endormi. Contre sa maman.

Sa maman qui semblait heureuse. Elle parlait avec BG, le plus drôle des deux garçons. L'autre, Lo, était allé dans sa chambre. Avant de diner, il avait montré à Lucas, la lumière rouge au-dessus de la porte. Et il lui a expliqué. Qu'il pouvait aller partout dans la maison. Sauf ici quand c'était allumé. Et Lucas a été obligé de promettre.

Mais même là, avec cet interdit, il a senti que c'était différent de la maison d'avant. Que c'était une loi vraiment pas difficile à respecter. Évidemment, ça lui a fait repenser à son père. Et d'un coup il ne s'est plus senti heureux. Il s'est dit que son père allait débarquer et les obliger à rentrer *fissa* dans leur vraie maison.

C'est là qu'il a compris que quelque chose ne tournait pas rond en lui. Que peut-être, son père avait raison, lui aussi en vrai il était méchant.

Il a compris qu'il avait toujours été triste avec son père. Même si ce n'est pas le vrai mais celui qui l'élève pareil. Et qui paye tout. Et se sacrifie pour lui et sa mère. Il a compris qu'il était heureux qu'il ait disparu, que sa mère ait décidé de ne plus le voir.

Et il a eu honte.

Vraiment honte.

Et ça personne ne doit le savoir, surtout pas son père. Après ça, heureusement, ils ont regardé le film et le bonheur est revenu.

Il était bien avec sa maman tout contre lui et BG. Il s'est demandé où était passée la femme, Ivy. Il aurait voulu lui dire merci.

54

Un face-à-face par miroir interposé. L'espace de quelques secondes. Le temps de la surprise. Le temps que le monstre comprenne. Qu'Evan prenne peur. Que les deux s'affrontent. Ultime duel. Avant la fuite.

Pour Evan, la suite se perd en cauchemar.

En oubli.

La pire nuit de sa vie.

Le monstre l'a empoigné d'une main pendant que de l'autre, il dégainait son téléphone. Toute la nuit ils s'y sont mis à deux. En alternance. Ivres de cruauté.

Lui faisant passer l'envie d'être une fiotte. Lui apprenant ce qu'est une fille. Lui faisant passer l'envie de recommencer, avec sa mère morte un étage en dessous.

Et qui c'est le plus fou ? Le plus vicieux ? Le plus dépravé ? Le monstre dans son bon droit. Qui ose dire qu'il défend les valeurs de sa sœur. Qui lui explique que maintenant c'est lui le chef de famille. Auquel Evan devra répondre. Lui, son oncle sans qui il serait mort. Depuis toutes ces années.

Et qui sait que tu crois qui ramenait des enveloppes pleines de biftons. Cette peluche géante, là, en haut de l'armoire. Et toutes tes frusques. Ce que t'as bouffé toutes ces années. Pour finir comme ca, une pédale. Il va lui apprendre la vie. La vraie. Et puis après, l'envoyer à l'armée. Et le rire gras de l'autre. Toute la nuit. Jusqu'à épuisement.

Jusqu'à s'enfuir, à trois heures du matin, avec sur le dos, le manteau bleu ciel de la mère.

Celui qu'elle gardait pour les grandes occasions. Celles qui dans la vie n'arrivent jamais ou si peu.

Ou alors cette nuit. S'enfuir en volant la voiture du monstre. Ne jamais revenir.

Pendant neuf ans.

55

Deux jours encore. Pour prendre du repos. Profiter. Être certaine que rien ne déborde aux informations. Que sa tribu est en sécurité. Ivy comme une louve. Qui voit tout le monde se détendre. Prendre ses nouveaux repères. Comme si c'était normal. Acquis. L'effet du petit bonhomme sûrement. Par ricochet. Une bouffée d'air frais, de jeunesse, d'insouciance. Qui met du rire partout. Et de la malice.

Comme tout le monde d'ailleurs. Un épanouissement global.

Le meilleur de chacun qui revient à la source. Qui ose s'ouvrir. Se donner. S'échanger.

À croire que la vie, pour chacun, a construit le chemin pour cet aboutissement.

Un temps suspendu. Dont il faut prendre soin pour espérer le faire durer.

Et tout le monde joue le jeu. Comme une évidence.

Ils ont réinstallé le salon en chambre. Celle de Sandra et Lucas. À terme, celle de Lucas seulement. Qu'il faudra réagencer en antre de petit garçon.

Lucas a déjà émis ses préférences. Avec du papier peint de Spiderman. Et un baby-foot comme les grands. La faute à BG qui l'emmène faire des parties pendant que sa mère se repose tous les après-midi.

Sandra dont on pourrait croire qu'elle n'a pas dormi depuis des lustres. Qui semble rattraper le temps de vivre, d'aller doucement. Sans effort. Peut-être pour la première fois.

BG aux petits soins. Patient. Docile. Qui ne va plus se perdre chaque nuit à boxer son malheur. Mais qui se fait livrer. Chaque jour une bricole. Pour le gosse ou la mère. Jamais pour Ivy ou Lo. Et pourtant tout le monde en profite. De cet amour qui se donne, qui s'épanche et se construit sous leurs yeux.

Sandra et BG, qui finiront bien par fusionner. Le raccord est évident, palpable. Presque souhaitable à présent. C'est une sacrée parade à laquelle assistent Ivy et Lo. Épatant comme BG sait s'y prendre. Tout en rondeur. Sans se presser.

Et voilà, c'est acté désormais. Ils vivent là tous les cinq. Ça s'est fait sans se dire. Par déduction. À chaque minute passée ensemble.

Ivy a fait durer le plaisir deux jours. Puis trois. La semaine est presque passée. De toute façon elle a loupé le coche avec le demi. Son prochain long repos est vendredi.

Elle agira à ce moment-là. Surtout ne pas se laisser trop assouplir. Si elle veut être sûre d'arriver un jour à finir ce qu'elle a commencé. Au moins ça.

Après, elle avisera. Sait déjà qu'elle ne pourra plus s'arrêter. Hier encore, il y a eu ce mec à l'angle du square « Paul Eluard », dans son camion à pizza. *Chez Jeannot.* Un petit gros à lunettes, presque chauve, qui préfère jeter ses restes à la poubelle, quitte à y foutre le feu plutôt que de les donner à Albert, le sans-abri du coin.

À chaque fois qu'Albert se poste à sa place, bien avant que le camion vienne lui faire de l'ombre d'ailleurs, l'autre, le Jeannot l'insulte, et lui demande de déguerpir. Cette fois-ci, Ivy a vu rouge.

Vers 23h, elle a prétexté une envie de prendre l'air et elle s'est pointée, juste au moment où il fermait son hayon. À cette heure-là, c'est la fin du monde, dans ce quartier. Il n'y a plus personne. Et heureusement. Jamais Ivy n'a œuvré aussi près de chez elle. Ce qui est loin d'être malin. Elle pourrait ainsi mettre toute sa tribu en danger.

Mais ça devenait urgent.

Chaque con à dézinguer devient urgent.

C'est comme une maladie qu'elle a attrapée.

La méchanceté, l'incivilité, les sept péchés capitaux qui se déclinent en permanence dans des bassesses, des perfidies, des usurpations de pouvoir lui donnent la gerbe.

Elle n'y peut rien. Son cœur le lui dit. À chaque fois. C'est comme un hoquet de trop.

Inutile de prévenir. Dialoguer. Éduquer.

C'est trop tard.

Même les lois, la prison, les amendes ne servent à rien. Ce monde-ci est foutu.

Seule la mort peut encore changer la donne.

Répare-moi ou tue-moi, avait en son temps écrit Leni. Il est temps d'en avoir le cœur net.

56

Errer pendant des jours, des nuits. Crever de faim. Apprendre à voler. Ne plus vouloir se souvenir. Le dernier regard de sa mère en travers du canapé. Et des deux monstres en travers de la gorge. Vomir toutes les deux heures. Trembler. Rouler le plus loin possible. Jusqu'à la fin du réservoir. Pousser la voiture jusqu'à cette impasse. Cette zone de non-droit.

Se barricader à l'intérieur de la voiture. Crever de froid. De soif. Épier les va-et-vient. Puis oser. De toute façon la mort arrivera. Autant ne pas faire trainer. Il aurait même fallu commencer par là. Ne pas s'enfuir. Et faire comme sa mère.

En finir.

Longer des couloirs noirs. Sans lumière. Sales. Puants. Entendre les râles, les ronflements, les cris.

Hommes, femmes, enfants, tous entassés. Mendiants. Aux abois.

Des comme lui, terrés, à attendre un miracle. Ou la fin. Ou les deux. La fin comme un miracle. Le seul qu'on peut espérer. À ce point rendu de l'existence. Se dire qu'il va crever là, comme un chien. L'accepter. De toute façon il est déjà mort. Et puis, cette chambre.

Ces deux têtes qui se redressent à l'unisson. Une espèce de temps suspendu. Un mouvement du menton. Un angle de mur où Evan peut s'affaler. Déposer les armes. Au moins il ne sera pas seul dans sa dernière nuit. C'est déjà pas si mal.

Dormir comme si le temps n'existait plus. Comme ça n'est jamais arrivé. En seize ans de vie. Dormir et se réveiller. Vivant. En entier. Avec ces deux apôtres, là, comme si déjà, ils étaient des amis.

Oser lever les yeux. Oser partager un café. Oser dire, *Je m'appelle Ivy.* Et penser : Au diable la vraie, dans sa belle maison et ses beaux habits.

Au diable Evan, sa mère, les monstres.

Au diable le passé.

Devenir autre.

Devenir Ivy.

57

De : IEL@gmail.com
À : opinions@lemonde.fr
Objet : 5ᵉᵐᵉ vidéo

.Le point zéro. Où tout s'arrête. Où tout redémarre. Où tout se liquéfie. Se dissout.

Suffit de l'invoquer. S'y connecter. Le ressentir. S'y abandonner. Comme un reset géant.

Le point zéro comme un cadeau que l'on se fait à soi-même. Quand tout va trop loin.

Et qu'il faut revenir à l'essentiel.

Voilà, je vous l'offre.

À partir de là, votre vie peut changer.

Envoyer tout valser, changer de cap.

Et invoquer le point zéro.

Tout redevient juste. À sa place.

Plus rien ne vous touche.

Plus rien ne vous mord.

Plus rien ne vous assassine.

Le point zéro, c'est la magie de l'instant présent.

Sans passé ni futur.

Libre de son bon droit.

À l'instant T.

Tout le monde peut le télécharger.

Il suffit d'un clic.

D'une respiration.

D'un abandon.

SECOND ENTRACTE

Une nuit encore.

Au milieu des siens.

Avant la fin.

C'est un long chemin pour arriver jusqu'ici. D'Evan à Ivy. Autant de points zéro toutes ces années pour ne pas perdre la tête, garder le cap.

Avancer.

Une trouvaille de Lo qui l'a bien aidée à une époque mais plus aujourd'hui. Plus depuis qu'elle possède un cœur digne de ce nom.

Le point zéro, comme une pensée magique. On se reconnecte à lui dès qu'on perd pied, on le nomme à voix haute et instantanément, tout s'efface. Les tensions. Les questions. L'avant. L'après. Tout revient au juste point. Au bon endroit.

Celui d'aujourd'hui, ici, à la tribu et non plus là-bas. Comme il y a neuf ans. Un 14 février.

Date anniversaire mortifère. Qu'elle se doit d'expurger. Quand sa mère a choisi d'en finir. Tout un symbole pour se laisser mourir. Un dernier message de folie. Désamour énorme. Suppléé par l'oncle fou. Son binôme de destruction. La voisine. Le psy. L'assistante sociale.

Tous complices. Tous fautifs

Evan laissé pour mort. Abandonné de tous.

Ivy comme un nouveau départ. Le second.

Neuf années de gestation pour celle qu'elle est devenue d'aujourd'hui.

Entre-temps, ce soi-disant grand professeur, qui lui a refusé l'opération. Qui a ravivé ses plaies. L'a laissée en état. Avec ce sexe insupportable entre les jambes.

Et l'I.K là-dessus, qui en a rajouté une couche. Son détonateur. Parce qu'il en faut toujours un. Peut-être pas la pire du genre l'I.K. mais celle qui arrive au bout des autres, au bout des limites. Avant l'implosion. Le corps d'Ivy au bord de l'abîme Son cœur prêt à étouffer. Tachycardie anarchique. Une seconde mort pour une troisième renaissance. Enfin.

Grâce à Leni. Son sauveur. Dont elle ne sait rien. Ou si peu. Comme tout le monde.

Le demi-charognard devrait l'y aider. Lui raconter. Se montrer docile. Gentil. Compréhensif. Pour ne pas finir comme les autres. Et les suivants. Comme tous ces rebuts. Ce Vigile du grand Casino, par exemple.

Elle s'est couchée sans y penser puis il est revenu la hanter. Va savoir comment, pourquoi, depuis, elle n'arrête pas d'y penser.

À quoi ça tient la vie ? À une démangeaison près, il s'en sortait. Là, ce n'est plus possible. Des semaines qu'elle le voit faire. Pourquoi attendre plus ? Elle est tentée d'agir tout de suite. C'est peut-être pour ça qu'elle n'arrive plus à dormir. Alors elle se relève et elle sort dans la nuit. Pendant que tout le monde dort.

C'est l'histoire de, même pas, 30 minutes.

Bruno H., donc. Vigile et enfoiré de première qui prend son chien pour une serpillère. Et qui, de coups de pied en coups de pied, l'a rendu enragé.

Plusieurs plaintes à son encontre mais comme le maitre est protégé par son contrat et que le bouledogue porte une muselière, personne ne peut rien faire. Sauf Ivy. Qui ne s'illusionne plus.

Ivy qui sait que, même le mollet d'un gosse dans la gueule du fauve, il en faudra beaucoup plus pour condamner le maitre et pas moins pour piquer le chien.

Alors elle décide de réécrire le scénario. Une fois encore. L'homme ira en enfer. Le chien au paradis des bêtes. Et elle, elle pourra enfin dormir. Du sommeil du juste. Avant de repartir. Achever sa mue. Sauf qu'il y a le regard du clebs quand elle le pique, quand il s'effondre doucement et qu'elle lui ôte sa muselière. Il y a ses yeux mouillés qui la fixent. Et ce dernier battement de cils qu'elle a attendu, jusqu'à la fin. Et ça lui fait un trou énorme. Dans le dernier instant, comme si la bête voulait lui dire quelque chose. Un long regard qu'elle n'a pas su traduire, elle qui n'a jamais eu d'animaux. Même pas un rongeur, une boule de poils, un poisson rouge. Rien. Interdit de séjour sous peine que le monstre en fasse de la charpie. Sa mère lui avait dit ça un jour. De la charpie. Et dans sa tête, ça avait rimé avec vomi.

Et voilà, retour à la case départ, elle est rentrée et ne dort toujours pas. Pour le vigile, qu'elle a aguiché volontairement en lui demandant une clope, pas de souci. Aucune hésitation. À peine une décharge au maximum, un geste vif et c'en était fini. Mais pour le chien, qu'il a fallu piquer dans la foulée, sous peine qu'il se mette à hurler à la mort, c'est une autre histoire.

Aussi, à 3 heures du matin, s'est-elle relevée une seconde fois. Elle a repris sa voiture et s'est dit qu'elle allait retarder, encore une fois, l'entrevue avec son demi, impatiente de réaliser ce qu'elle a toujours rêvé de faire.

Elle s'est rendue dans un chenil, 213 km aller-retour et elle a choisi la première boule de poils qui s'est jetée sur elle. Un chiot d'environ trois mois. Tout noir. Avec des grands yeux marron. Sans savoir que c'était un labrador. Qui deviendrait sûrement énorme.

Quand elle est enfin revenue en fin de matinée, elle l'a offert à Lucas. Comme elle l'aurait fait d'une fringue, d'un sachet de chips ou d'un vélo. En disant, simplement, tiens c'est pour toi. Peut-être que ça méritait une mise en bouche, des explications, des consignes et tout le tralala. Mais elle n'a pas pu.

Dans ce geste-là, il y avait tout un monde qu'elle devait taire, tout un pourquoi qu'elle devait continuer de garder secret. À ce moment, et seulement à ce moment, elle a senti que quelque chose se dénouait en elle. Elle a pu les laisser tous ensemble et trouver un peu de repos.

Elle n'a rien dit des portes qu'elle a crochetées et qu'elle a laissées ouvertes, libérant une dizaine de chiens et deux fois plus de chats.

Elle les a vus foncer dans la nuit. S'ébattre. Puis disparaitre. Ils n'iraient sûrement pas loin, vu l'enclos qui entourait le chenil. C'était un geste simple et gratuit. Pour faire disparaitre la charpie qui lui empoisonnait la tête et le regard du bouledogue en poussant son dernier râle.

TROISIEME PARTIE

LENI

58

De : IEL@gmail.com
À : opinions@lemonde.fr
Objet : 6ème vidéo

Il faudrait réparer le monde.

Déverser des milliers de tonnes de Mercurochrome et avoir des milliers de bouches assez gourmandes pour déposer des baisers guérisseurs sur chaque plaie.

Libérer une poudre magique puis le plâtrer, partout où il se déchire. L'entourer de sparadrap ou de mousse capitonnée, le plonger dans un bain de bulles multicolores et lui dire que ça va aller. Exactement comme on le ferait pour un enfant.

Même si c'est un mensonge énorme. Grotesque. Répugnant.

C'est un long travail que de vouloir sauver le monde. Certains ont essayé. Essaient encore. Tous ont échoué. Ou échoueront.

Le monde se casse plus vite qu'il ne se répare. Toutes les secondes. À chaque endroit de la planète. Sans répit. Il se brise au-dedans de lui à chaque fois qu'on abime un enfant. Ce dégât-là est presque toujours irréversible. C'est comme un outrage inexcusable. S'ensuivent les autres. Et la liste est longue, aberrante, émétique. *Répare-moi ou tue-moi.*

Non ! Le temps n'est plus au choix. Rien n'a jamais suffi à guérir le monde. L'homme est un destructeur. Fou. Massif. Qui n'a que faire d'une poignée de guérisseurs. À ce jeu-là, il gagne toujours. Pas parce qu'il est le plus fort et qu'il existe en plus grand nombre mais bien parce qu'on le laisse faire.

C'est un désastre universel. Diaboliquement humain. Comme un méga trou noir qui finira par l'absorber. Inutile d'imputer cela à Dieu ou ses saints ou je ne sais lequel de ses sbires idéologiques.

C'est une tragédie. Pour laquelle, chaque homme, devra un jour rendre des comptes.

59

Tout ce qu'Ivy sait de Leni se résume à cette conversation.

«

X : Pourquoi avez-vous fait ca ?

Y : Vous le savez bien.

X : Ce n'est pas très malin ? Il y avait peut-être une autre solution ?

Y, du tac au tac, énervé comme si c'était encore possible de l'être.

Vous savez bien que non. C'était même la seule solution. Et je suis content.

X, affligé.

Mais à quoi cela sert-il ? Vous n'allez même pas en profiter.

Y, affligé plus encore.

Vous ne comprenez vraiment rien. C'est tout l'intérêt. Mourir pour qu'elle vive. C'est encore mieux. Ça rachète tout.

X : Mais ce n'était pas à vous de décider…

Y, l'interrompant.

Pas à moi de décider. Vous rigolez. À qui alors ? À Dieu ? À son bon vouloir ? Selon son timing ? À vous peut-être ? Vous vouliez me voir souffrir. Agoniser. Ne plus en pouvoir.

X, choqué.

Non. Évidemment non. Comment pouvez-vous dire ça ? J'ai tout fait pour vous. Tout. Même si vous ne m'avez pas beaucoup aidé.

Y, tout sourire.

Alors vous devriez être content parce qu'elle va vivre et qu'elle est bien meilleure que moi.

»

Cette conservation, alors qu'il y a neuf mois, elle était allongée sur un brancard, dans un couloir et qu'elle attendait un miracle. Ses vidéos démentielles.

Ce challenge initial : *Répare-moi ou tue-moi*. Et un regard aussi. Un regard comme un serment, échangé entre les deux hommes qu'elle avait par ignorance de leur véritable identité, appelés, à l'époque, X et Y.

Un point de départ.

Un bout de quelque chose qui en prédisait un plus grand.

Juste deux billes bleues et deux billes marron qui avaient traversé son désert blanc.

Et lui avaient redonné vie.

60

Le demi charognard ne devrait rien avoir à faire dans cette avalanche de représailles. Il n'est qu'un témoin par ricochet. Le fils d'un homme mort, qui lui, en savait beaucoup. Quant à charognard, ce n'est pas certain qu'il le soit. Ce n'est pas parce qu'on est flic qu'on l'est obligatoirement. Même si par expérience, Ivy ne leur fait aucune confiance. Ça se saurait si la police protégeait encore les plus faibles.

Il y a longtemps (depuis toujours, non ?) qu'elle est aux mains du pouvoir. Car à qui profite le crime, en dernier ressort ? Au plus riche. Toujours au plus riche. Pas la peine de sortir des statistiques, les deux-trois fois où les chiffres démentent cette simple équation : Argent plus Pouvoir plus Titre : Impunité. Fin des débats.

Donc le demi, Nicolas W. Ou simplement Nico pour les intimes. Un bleu tout juste sorti de sa promo, basé à Paris. Commissariat du 19ème arrondissement. En repos pour 24 heures. Célibataire, sans enfant. Plutôt beau gosse. Absolument pas comme BG et sa gueule d'ange mais plutôt comme l'incandescent Louis Garrel. Regard noir, tignasse noire, perfecto idoine. Genre bad boy en perpétuelle querelle d'avoir ou non à franchir la frontière. Faut croire que sous son habit de flic, il a fini par choisir

Facile de savoir de qui il tient physiquement : Leni, son père. Pour le reste, le fils a dû faire un pied de nez au vieux. Pas facile d'assumer une telle lignée. Cette nuit, Ivy ira frapper à sa porte. Place

Félix Eboué dans le 12ème arrondissement. Au dernier étage d'un petit immeuble qui en compte cinq. Juste sous les toits. Sûrement un studio.

Ils risquent d'être un peu à l'étroit tous les deux. Ce qui serait approprié pour les confidences mais dangereux pour le voisinage. Encore que, pendant un weekend, ça devrait être plus ou moins tranquille à cette hauteur.

Au rez-de-chaussée de l'immeuble, une brasserie. Terrasse toujours blindée et donc bruyante. Ivy est déjà passée devant. Plusieurs fois. Elle a vu le fameux Nico entrer et sortir. Jamais en uniforme. Le petit se la joue discret. À moins qu'il n'ait peur. Pas plus facile d'assumer son habit que celui de son père. Elle ne sait pas comment il y pense. Si même il y pense. Et pourtant, cette nuit, ils devront en parler. Parce qu'elle, elle a besoin de savoir.

61

Il se dit qu'aujourd'hui les filles n'ont peur de rien. Et qu'elles sont même sacrément culottées. Une application, deux trois photos, un banal échange criblé de *smileys* et un rendez-vous dans la foulée. Rapide. Efficace.

Repoussé plusieurs fois c'est vrai mais enfin confirmé pour ce soir.

La fille s'appelle Ivy, il trouve ça sympa et original, elle est blonde, un peu plus jeune que lui apparemment. En désert amoureux mais pas affectif. Elle a bien précisé. Ça doit vouloir dire qu'elle a des tas d'amis et que c'est bien comme ça. Elle cherche l'aventure et pas l'engagement, à moins qu'elle n'écrive cela pour la frime. Lui ou un autre ce soir, c'est pour le fun. C'est aussi ce que précise cette application. Et plus si affinités.

Et bien, d'ici une petite heure, ils seront vite fixés.

Lui, Nico, au fond, il s'en fout. L'amour depuis V. il n'y croit plus. C'est pour ça qu'il a quitté Le Havre, ses potes, sa mère, son passé. Tout est plus facile à Paris. Quand tu veux te perdre dans la foule et n'être connu de personne. Aucun passé sur le dos. Même auprès de ses collègues. C'est un privilège qui lui a été accordé à la mort de son père. Changement de nom, changement de décor. Ni femme, ni enfant, ni famille.

Juste sa mère. Restée là-bas. Qu'il appelle tous les dimanches soirs. Même quand il bosse. C'est leur tradition. Une espèce de coutume qui date de la première fois où il est parti faire ses études. Ça les rassure tous les deux. Et lui, ça le déculpabilise.

Pas facile d'être son fils tous les jours. Encore moins depuis qu'il porte l'uniforme.

Evidemment, elle n'a pas compris. Ce n'est pas tant qu'elle aurait voulu qu'il fasse comme son père. Mais quand même. Devenir flic. Personne dans sa famille ne l'a jamais été. À se demander qui lui a fourré ça dans le crâne.

Il n'a jamais été capable de le lui dire. Ni même véritablement de se l'expliquer à lui-même. Qu'en fait, il n'avait pas choisi. Qu'il s'était laissé avoir par sa colère. Une énième provocation à la con. Un défi. Une ultime façon d'emmerder son père. De le faire chier.

Pour rien. Puisqu'il est mort. Le con.

Et lui, Nico, s'est fait bien piéger. À se retrouver comme un looser dans son cinquième étage sans ascenseur, dans une ville qui pue les vapeurs d'essence et un commissariat qui pue des pieds. Alors qu'au Havre, du temps de V., il aurait pu tout avoir.

Le pavillon, vue sur mer et une carrière, toute tracée, dans la banque de son beau-père.

62

Est-ce qu'elle vit ses dernières heures au sein de sa tribu ? Assise dans le salon/chambre de Lucas, à voir défiler les heures jusqu'à son rendez-vous, et à les regarder dormir, lui et le chiot. Déjà scotchés comme des siamois.

Lo est dans son antre, calfeutré, fidèle à lui-même.

BG et Sandra sont sortis faire des achats, en roucoulant comme des gosses. Et elle, elle veille, moitié attendrie, moitié anxieuse.

Tout a l'air sous contrôle. Parfaitement à sa place. Sans fausse note. Il y a encore une semaine, cela lui aurait semblé normal. Mais, il s'en est passé des choses depuis. Évidemment, elle est la seule à le savoir. Avec les charognards, bien sûr. Mais pour eux, plus rien à craindre, c'est fini. Ils dorment peinards. Comme à peu près 400 personnes par jour qui décèdent d'une maladie cardiovasculaire.

À peine une pichenette dans le flux des statistiques. Intraçable.

Elle, par contre, se sent de moins en moins bien. Ça lui est tombé dessus d'un coup. Dans le grand silence de la maison et le concentré de tendresse qui l'hypnotise depuis une heure. Lucas et Duke. C'est le prénom qui a été choisi. À l'unanimité. Leur nouveau compagnon à tous.

Peut-être qu'elle pense trop, assise comme ça à ne rien faire ? Ou peut-être est-ce le contrecoup ? Ainsi que l'arrivée du môme et de sa mère. Un coup de bluff, qui change sacrément la donne. C'est une nouvelle responsabilité, elle s'en rend compte.

À moins qu'elle ne soit juste fatiguée. Parce qu'elle sent qu'il est temps d'en finir. De passer à autre chose. Après tout, cette guerre est sans fin. Il faudra bien qu'elle cesse.

Qu'est-ce qu'elle croit trouver, cette nuit encore, en se rendant chez le fils de l'homme ? Il est flic en plus. Quelle idée, avec un père comme Leni. Ça sent les emmerdes un gap pareil. Alors que tout est sous contrôle et que personne ne lui est tombé dessus.

Et pourtant, elle va y aller. Une promesse qu'elle s'est faite à elle-même ?

Un devoir de mémoire ?

Le regret de ne pas l'avoir connu ?

Et si elle faisait une connerie ?

Alors que jusqu'ici tout a fonctionné et qu'elle pourrait être en paix.

63

Il y a la petite histoire.

La grande histoire.

Et puis, au milieu, il y a un cadran. Virtuel.

Qui dénombre pourtant en temps réel le taux de mortalité dans le monde.

Un simple numéro, en perpétuel mouvement, encodé dans une case qui défile à chaque seconde qui passe et ôte une vie.

Une sordide donnée statistique pour 1,81 décès à chaque seconde sur Terre, soit 109 par minute, près de 157.000 décès par jour, et environ 57,3 millions chaque année. Un algorithme à vous filer le tournis et le bourdon, certes inférieur au nombre de naissances (280 par minute) mais tout de même. De quoi imaginer ce qu'il restera de nous à la toute fin. Une petite, toute petite histoire.

Rien de plus qu'une plaque, une date, un patronyme. Résumé condensé à l'extrême. Agrémenté d'une photo parfois. Peut-être aussi d'un éloge ou d'une oraison ou d'un poème. Écrit dans l'urgence, pour témoigner une dernière fois, comme une bouteille à la mer. « À *toi pour toujours* ». « *Regrets éternels* ». Ou alors une épitaphe du genre pompeux : « *Je ne regrette rien* ». « *Ne pleurez pas ma mort. Célébrez la vie* » pour que soit clamé l'essentiel. Terrifiant de brièveté.

Finalement, une vie entière pour une poignée de mots jetés dans l'air humide, sous une pelletée de terre. Ou bien gravés dans le marbre.

Ce qu'on a cru d'une grande histoire de vie réduite à peau de chagrin.

Parce que la grande histoire, celle que seul l'intéressé connaissait, ne peut plus se raconter. Son enfance, son adolescence, sa vie d'adulte, d'homme, de père, de mari, sans les interprétations des uns et des autres, tout en intériorité, en ressenti. En authenticité. Passé. Réduit à la petite histoire. Un numéro. Déjà effacé par le suivant.

Il y a le temps d'une vie telle qu'on y a cru et celui du grand silence, tel un abysse, le fond du trou. Quand d'un coup, le bruit cesse, l'agitation se fige, les voix se taisent et que même la vérité ne compte plus. Emportée par le manque ou le chagrin ou la colère ou la rancune ou le mépris. Selon qui pense, se souvient, a aimé ou détesté.

Et puis, il y a Leni, dans son urne grise, suprêmement muet, qui s'en fout bien aujourd'hui de ce que chacun pense, a dit ou médit.

Leni, en poussière, dans une case du columbarium au cimetière de T. Lettre H. 3ème niveau. 2ème rangée. Pile poil entre une femme décédée d'un cancer à 26 ans et un enfant fauché par un poids lourd à 36 mois et 7 jours.

Leni, au milieu d'illustres inconnus dont plus personne ne se souviendra dans dix ans. Voire cinquante ans pour les plus ambitieux. Leni qui, pourtant, appartient à la Grande Histoire. Un cran au-dessus des deux autres catégories. Celle qui n'arrête pas le cadran virtuel mais qui marque les mémoires. Les décennies. Parfois une génération entière. Et qui s'écrira, certainement un jour, dans un livre ou deux.

Parce que sa trajectoire a fait la Une des tabloïds. Parce que ses vidéos ont été vues des millions de fois.

Parce que le sang a coulé. Et les larmes. Et l'argent. Des flux conséquents.

Trop souvent controversés.

Parce que le monde est ainsi fait qu'il encense ou terrasse chaque mouton noir de l'Histoire en croyant tout savoir alors même que son jugement est dicté par une foi aveugle dans le discours d'une majorité, qui, au fond, ne sait rien.

64

Nico lui-même, son propre fils, ne pourrait rien dire de mieux ou de plus que ce que le commun sait. Il est son fils parce qu'il porte ses gènes, une vague ressemblance et jadis un nom. Mais pour le reste. Il ne le connait pas. Ou si peu.

Ce n'est pas Leni qui l'a porté sur ses épaules, lui a appris à marcher, lire ou faire du vélo. Pas Leni qui chaque soir lui a raconté des histoires. Pas Leni qui est parti en vacances, l'a applaudi à son premier match de football en CM2 quand il a mis un but gagnant à deux minutes de la fin. Pas Leni qui a lacé ses chaussures, est resté à son chevet toute une nuit quand à 12 ans il s'est fait opérer de l'appendicite. Pas Leni non plus qui l'a félicité pour son baccalauréat. Pas Leni qui l'a récupéré en miettes quand V. l'a quitté.

Si on lui posait la question, il dirait ce que tout le monde sait. La télé. Les journaux. Wikipédia.

Mais quel père il était, s'il l'a même été un jour, autre que celui du jour de sa naissance, ça non, il ne pourrait pas.

Peut-être sa mère. Et encore. Qui l'a attendu toute sa vie. Et s'est contentée de ses visites toujours en coup de vent. Qui s'est nourrie de ses visites en coup de vent. Comme des tornades qui la rendaient amoureuse à chaque fois un peu plus.

Sa mère qui vous raconterait son point de vue de femme. Et seulement ça. Parce qu'elle l'avait dans la peau. Et le mettait sur un piédestal d'où il n'est jamais tombé.

Même au plus fort de sa vie quand tout est parti en vrac et qu'il a fait de la prison. Même là et encore plus là, elle l'a excusé. Et non elle n'était pas seule à le faire. À ce moment-là, il y avait déjà deux clans. Les pour et les contre. Comme toujours.

Et puis, il y avait Nico, au milieu du merdier. Qui n'osait plus dire de qui il était lc fils sous peine de voir sa vie scindée en deux. Même ses potes, pour ou contre.

Pas étonnant qu'il devienne flic en fait. Et qu'il change de nom. Et qu'il se barre. Normalement il n'y a plus personne ici, à Paris pour lui rappeler tout ça.

Plus personne pour lui dire que son père était soit fou soit un grand homme.

Et que lui Nico devrait bien un jour se positionner. Prendre parti. Se mouiller quoi.

Nico qui ne veut plus y penser. Surtout depuis qu'il est mort. Il finira dans l'oubli et c'est ce qui peut arriver de mieux. Évidemment, reste sa mère, en perpétuelle nostalgie, mais elle aussi, elle finira par mourir. Et peut-être qu'alors il sera tranquille Quand plus personne ne saura d'où il vient et de qui il vient.

Quand il sera juste, Nicolas W. Simple flic. À Paris. Sur le point de rencontrer une fille. Ivy. Qui pourrait rimer avec envie. Sursis. Et même peut-être, nouvelle vie.

65

Ivy qui se tient sous le porche. Indécise. Curieuse. Nouée. Armes et seringue dans son sac. Au cas où. Ivy qui elle a tout lu, vu, entendu du célèbre Leni.

Son sauveur. Son idole. Son maitre spirituel.

Évidemment elle est partie prenante. Absolument pas objective. Mais si l'histoire dit vrai, et pour le coup, là elle dit vrai, l'homme n'aurait pas dû mourir. Et alors, elle ne serait pas là. Et les sept charognards seraient vivants. Et le monde serait pourri, encore plus.

Jusqu'à la moelle de la moelle.

Il faut que son fils le sache même s'il est flic et qu'il a tourné sa veste. Demi charognard ou pas ? Elle doit en avoir le cœur net. Son cœur courageux, grâce auquel elle a tenu bon, pour lequel elle a tout planifié.

Qui lui a rendu la vie. Et sa liberté. Et tout ce qu'elle est en train de devenir.

Une guerrière du genre humain. Une vraie. À l'image de Leni. Qui monte au créneau. Qui ne se cache pas derrière les lois, la morale, la religion et toutes ces conneries. Des milliers d'années que ça existe et le monde ne va pas mieux.

Les lois n'arrêtent pas les méchants. Ce n'est pas vrai. La justice a beau les condamner, ils reviennent semer la zizanie. Et quand, parfois, elle réussit à les mettre HS, ce n'est que pour un temps. Toujours trop court. La morale et la religion encore moins. Encore pire. Elles, le plus souvent, les excusent, carrément. Alors qu'Ivy, elle, fait ce qu'il faut.

Elle l'a prouvé.

Elle n'a que 25 ans, tous les idéaux de son âge, toute la foi en l'absolu qui fait défaut au monde entier et elle essaie. Elle essaiera encore. Jusqu'au sacrifice s'il le faut.

Et quand elle aura fini, un jour, dans longtemps, la terre se portera mieux.

Inutile de donner sursis à cette gangrène, cette vermine.

Si Leni n'avait pas été là, elle aurait succombé sous le coup de cette part d'humanité qui n'en est pas. Qui n'en a jamais fait partie.

Et qui, par pure logique, se doit de disparaitre.

66

Leni T. Né le 24 janvier 1980 à Aubusson. Élevé dans une communauté hippie par des parents qui avaient déjà 30 ans à sa naissance mais qui, dès 18 ans, dressaient leurs premières barricades. Des soixante-huitards convaincus qui lui ont transmis leurs valeurs. Celles du partage, de la terre, des bêtes et des hommes. Des avant-gardistes du bio. Défenseurs des droits de l'homme. Engagés Amnesty International. Au créneau de toutes les mobilisations anti-quelque chose. Toujours devant, lors des manifestations, à hurler des slogans et brandir des affiches aussi longues que leur horde de partisans.

Leni T. qui a baigné dans le jus des grands idéaux et a lu tout ce que la littérature regorge de manifestes, penseurs, philosophes, anarchistes.

Militant paysan et altermondialiste, proche de José Bové, un temps. Le temps de voir de l'intérieur, de percevoir les rouages. Puis de s'en extraire.

Je cite :

« Convaincu que la première rébellion, on se la doit à soi-même. Que le pire ennemi de l'homme, c'est l'homme. Et que rien de bon ne peut en advenir. »

Se définit comme un journaliste indépendant, partout où la terre subit la loi de la modernité à outrance : catastrophes naturelles qui pour lui n'en sont pas : séisme, éruption, tsunami, inondation, cyclone, avalanche, pollution ciel, terre et eau.

Pro activiste sur les réseaux sociaux. Adepte des vidéos chocs. Auteur du manifeste *« Répare-moi ou tue-moi »*. Et enfin, père d'un enfant qu'il n'élèvera pas ou peu mais marié à une femme à qui il restera fidèle. Et à qui il expliquera dès leur rencontre que *« Rester à un endroit, c'est fermer les yeux sur tous les autres qui ont besoin de lui. De ses mots. Ses photos. Son témoignage. Si le monde entier est égoïste, lui ne le sera pas* ». Ces quelques mots scelleront à jamais leur relation.

Passionnée mais libre.

À l'image de l'homme qui s'éteindra à l'âge de 42 ans alors qu'il est incarcéré à la prison de la santé pour meurtre.

Ce dernier portrait, posté sur une page Facebook, nommé pompeusement « UnJourUneVieUnePage » est ce qui ressemble de moins pire à tout ce qui circule à propos de Leni T. S'ensuivent tout de même, dans la même journée, des dizaines de liens et occurrences qui, eux, contiennent l'exact opposé de ce condensé et les pires propos qui ont pu être tenus à son encontre. Le post a été vu, à ce jour, plus de 5500 fois et comporte plus de 3500 commentaires.

67

Et puis, il y a la femme de Leni, Josée S. qui ne lit plus rien de ce qu'on peut écrire ou dire de son homme. Longtemps qu'elle s'en fout de ce vulgaire ramassis de raccourcis insipides et fades. Longtemps qu'elle a perçu entre chaque mot, la vanité des hommes à réécrire l'histoire.

Ce ne sont que des grandes lignes, mille fois réécrites, des foutaises truffées de mensonges, ou d'erreurs. Parfois même de grossièretés. Au mieux des approximations. Au pire des faire-valoir.

Elle seule aurait pu rétablir une certaine vérité. Mais à quoi bon ? Et pour qui ? Leni lui-même le lui aurait interdit. *Si tu dois expliquer ton histoire après coup, c'est qu'elle n'a pas été comprise, avait-il l'habitude de dire. C'est que tu as échoué. Que tu t'es mal fait entendre. Alors il est trop tard. Laisse tomber.*

Et pourtant, elle seule sait ce qu'il fut. À ses côtés, toutes ces années, même absent. Un homme comme cette planète en porte peu. D'une réelle intégrité. D'un idéalisme frôlant l'utopie. D'une générosité incroyable. D'une sensibilité à fleur d'âme.

Un convaincu jusqu'au bout des ongles, d'une densité brute, extrême qui l'a percutée un jour pour ne jamais repartir. Même absent, elle l'a toujours senti là. Collé à sa peau.

Il ne suffit pas d'être présent physiquement pour être là. Vraiment là, avec l'autre. Leni savait l'être même à l'autre bout du monde. C'était ainsi depuis leur premier baiser. Il s'était imprimé en elle. Et n'était jamais reparti.

Elle aurait pu l'attendre encore des années, des siècles, plusieurs vies s'il n'était pas mort. Et même là, encore aujourd'hui, il ne se passait pas un seul jour sans qu'elle revisite tous leurs moments et qu'elle le sente en elle comme aux premiers jours. Et aux derniers. Quand il finissait par rentrer. Parce que toujours il revenait vers elle.

Avec son regard mouillé.

Épouvanté. Éprouvé. Rincé. Choqué.

Ahuri.

D'un bleu délavé par tous les ciels traversés.

Son corps distendu d'un bout à l'autre de son âme par ce qu'il avait vu, lu, entendu ou expérimenté. Quand il voyait son fils grandir par à-coups, à un jour, à 6 mois, à 3 ans, à 7 ans, puis 13 et 18. Adulte devenu flic. Comme si c'était là le dernier message qu'il devait encaisser. Alors qu'il avait tout sacrifié, chaque seconde de sa vie à faire en sorte que le monde où il grandisse ne finisse pas en poussière. Terrassé par la bêtise de l'homme. Aspiré par sa grandiloquence. Son appétence. Sa stupidité. Quand il pleurait dans ses bras, usé par la fatalité, l'ignominie des hommes, leur lâcheté, leurs mensonges, leur arrogance. Quand il lui disait qu'il n'y croyait plus et qu'un jour le cancer du monde lui boufferait la rate et le ferait exploser en vol. Ce en quoi la fin de sa vie prouverait qu'il avait vu juste.

68

Du jour où tout a basculé, plus personne n'est là pour témoigner.

Les deux protagonistes sont morts. Leni évidemment et l'homme qui a tout déclenché. Depuis, ne reste que la légende. Une demi-vérité. Une rumeur qui circule.

Pas mal de conjectures entre ce catalyseur et l'enchainement des faits jusqu'au décès de Leni

Leni qui ne se confiait jamais. À personne

Il jouait les durs, gueulait dès qu'on lui tendait un micro ou une caméra, parlait du monde, des hommes, de leur devenir mais jamais de lui.

Pourtant, il est, parait-il, possible d'affirmer, qu'à ce moment de sa vie, Leni est au plus bas.

150

Fatigué. Écœuré. À bout de souffle. Ce qui le porte et l'anime depuis toutes ces années est un coup d'épée dans l'eau. Il ne cesse de le crier à tue-tête et bon nombre de ses partisans pensent la même chose : Le chantier de la guérison du monde est un immense charnier qui les ensevelira tous.

Il a 42 ans. Il n'est plus dupe. Sa foi et ses engagements ont été mis à rude épreuve. En 25 ans, il n'a pas gagné une seule bataille.

Il se rend compte que le monde est un grand foutoir dans lequel il a baigné toute sa vie sans savoir réellement nager.

Il voudrait frapper un dernier coup. Pour de vrai. Mais il se sent impuissant. Perdu. En perte de vitesse. Sans imagination. Il a utilisé tout ce qu'il avait à sa portée pour alerter la population, les médias, la planète, les dirigeants ; il n'a jamais été réellement entendu. Il est comme n'importe quel clampin qui a fait ce qu'il pouvait en sachant que lui et ses frères iront, sous peu, droit dans le trou.

Peut-être à ce moment-là pense-t-il en finir ?

La vie lui fait horreur. Enfin pas la vie. Mais ce que les hommes en font. Empesés dans leur confort à maltraiter le climat, la terre, les bêtes, et même les enfants, surexploités à l'autre bout du monde.

Survient alors cet ultime défilé dans les rues de Paris. Un homme d'à peu près son âge, qui surgit devant lui et le traite de *fouteur de merde*. Plusieurs fois, en accompagnant son insulte d'un doigt d'honneur accusateur.

Pourquoi, comment, c'est assez flou. L'homme surgi de nulle part n'est ni fiché ni lié à aucun groupuscule.

Toujours est-il que le type en veut visiblement à Leni et seulement à lui .

Leni passe son chemin, entouré des siens, qui l'écartent, l'isolent, le protègent mais l'autre revient à la charge et dans un geste que personne n'anticipe, lui plante un couteau sous la gorge. À partir de là, c'est le chaos. Quelque chose en Leni lâche prise complètement et voit peut-être en l'homme, le visage de ceux qui l'emmerdent et le contraignent depuis trop longtemps. D'un geste brusque, Leni se dégage, parvient à saisir le bras de son adversaire et même à le tordre, puis à le forcer à s'agenouiller et enfin, à lui arracher le couteau qu'il tient encore dans la main pour lui planter directement dans la gorge.

Dans un seul mouvement, d'une rapidité incroyable. Comme s'il avait fait ça toute sa vie alors même qu'il ne s'est jamais battu. Et voilà, c'est fini. Le ballet de la mort n'aura pas duré une minute.

Seconde de stupéfaction.

Tous ses comparses se figent.

Le défilé s'arrête. Un silence étonnant s'ensuit.

Vite rattrapé par la gesticulation des journalistes et caméramans qui filmaient en direct le début du cortège.

Vingt minutes plus tard, Leni est embarqué, menotté, à l'arrière d'une voiture de police.

Inculpé, peu de temps après, d'homicide volontaire, sans préméditation.

…

Au vu de l'homme et de son pédigrée, Leni est mis à l'écart des autres, dès son premier jour d'incarcération.

Lui qui toute sa vie a parlé, hurlé, brandi, défendu n'exige rien de mieux.

Depuis le moment où son ennemi s'est écroulé devant lui, il n'a plus rien dit. Les faits étaient là, aveuglants, devant des dizaines de témoins.

Il n'y a rien à commenter. J'ai échoué.

C'est ce qu'il murmurera une fois à un gendarme, un gars gentil, qu'il a jugé absolument pas à sa place dans son uniforme, avec sa tête d'angelot, qui ressemblait un peu à son môme, c'est peut-être pour ça d'ailleurs, qu'il a consenti à cette phrase, croyant délivrer un dernier message, dans le fourgon qui le mène au juge, avant de se taire pendant des mois.

Il n'y a rien à commenter. J'ai échoué.

Des mois entiers, à hocher la tête devant les matons, le juge, son avocat, sans qu'un son ne sorte de sa bouche. Comme s'il était lui-même choqué. Cloîtré en lui. Incapable de s'écarter une seconde de cette derrière minute de vie qui a ruiné son existence.

Une bascule énorme. Sortie d'on ne sait où. Qu'il ne comprend peut-être pas lui-même. Toujours est-il qu'à ce moment de sa vie, la fin est encore plus proche que tout ce qu'il avait pu prévoir de dramatique.

Cet homme, grand défenseur de la terre, des oiseaux et du ciel, enfermé entre quatre murs avec pour seul horizon une lucarne et des barbelés, périclite en un rien de temps. Son âme lâche prise, son corps la suit. Il ne cherche même pas à l'éviter.

Un matin, retrouvé inanimé dans sa cellule, il est emmené d'urgence à l'hôpital. C'est là, quelques jours plus tard, qu'Ivy entend un bout de conversation insolite.

Loin, très loin de se douter qu'elle la concerne au plus haut point.

69

Ivy, à ce moment-là, n'est pas encore l'Ivy d'aujourd'hui.

Elle porte Evan comme un fardeau même si toutes ces années auprès de sa tribu ont allégé sa douleur. Même si à sa façon, elle a fait son chemin. Bien décidée à libérer son corps de l'outrage de sa naissance. À réparer sa double erreur d'aiguillage.

Elle opère sa transition avec l'aide de Lo qui sait dénicher sur internet tout ce dont elle a besoin mais sans médecin. En toute fin, le grand professeur le lui a bien fait comprendre. Elle n'est pas éligible et ne le sera jamais. C'est arbitraire, définitif, comme un délit de sale gueule peut l'être mais c'est.

Après cette fin de non-recevoir, Ivy est abattue. Elle n'essaie même pas de chercher ailleurs, de persévérer, trouver de l'aide. Si son corps est en mouvement, son esprit est à la traîne, piégé dans sa fragilité initiale. Elle patauge dans son corps d'homme qui ne ressemble en rien à ce qu'elle est à l'intérieur. Une fleur fragile qui ne demandait qu'à éclore. C'est un combat perpétuel, entre l'hier et l'aujourd'hui

Entre Evan et Ivy.

Un dosage qu'il lui faut pourtant trouver, au quotidien et qui n'est pas sans risque.

Quatre ans d'hormonothérapie à base d'anti-androgènes (inhibiteurs de la testostérone, des œstrogènes et parfois de la progestérone) n'est pas sans danger pour sa santé.

Physique mais aussi psychique.

Qui entraine l'un vers l'autre et disjoncte en premier importe peu quand une nuit, BG retrouve Ivy effondrée au milieu du salon. Le risque de maladie thromboembolique veineuse est courant chez les transgenres. Caillot sanguin. AVC. Hospitalisation. Examen complet.

Bilan irrévocable : le cœur d'Ivy ne répond plus. Il est en bout de course. Fatigué de ce combat qui a débuté il y a 25 ans. Que personne n'a jamais détecté non plus.

Abimée par une maladie d'origine virale, elle ne se lève plus, ne dort plus.

L'urgence est déclarée en même temps que Leni est transféré à l'hôpital. Miracle, concours de circonstances, ange gardien qui se penche enfin sur Ivy.

Que le cœur de l'un aille à la place de l'autre se joue sur une conversation.

Bien plus longue que ce qu'Ivy surprendra alors qu'allongée sur une civière, dans un couloir, elle croit voir sa fin arriver.

70

Maitre P. : Pourquoi avez-vous fait ca ?

Leni. : Vous le savez bien.

Maitre P. : Ce n'est pas très malin ? Il y avait peut-être une autre solution ?

Leni, du tac au tac, énervé comme si c'était encore possible de l'être : Vous savez bien que non. C'était même la seule solution. Et je suis content.

Maitre P., affligé : Mais à quoi cela sert-il ? Vous n'allez même pas en profiter.

Leni, affligé plus encore : Vous ne comprenez vraiment rien. C'est tout l'intérêt. Mourir pour qu'elle vive. C'est encore mieux. Ça rachète tout.

Maitre P. : Mais ce n'était pas à vous de décider...

Leni, l'interrompant : Pas à moi de décider. Vous rigolez. À qui alors ? À Dieu ? À son bon vouloir ? Selon son timing ? À vous peut-être ? Vous vouliez me voir souffrir ? Agoniser ? Ne plus en pouvoir ?

Maitre P., choqué : Non. Évidemment non. Comment pouvez-vous dire ça ? J'ai tout fait pour vous. Tout. Même si vous ne m'avez pas beaucoup aidé.

Leni, tout sourire : Alors vous devriez être content. Parce qu'elle va vivre. Et qu'elle est bien meilleure que moi.

Maitre P. : Vous n'en savez rien. Je croyais que c'était anonyme.

Leni, haussant les épaules : Pour le receveur oui mais pour moi ! Quel intérêt que je sache ou pas, qui, quoi, comment. Et puis la femme qui m'a expliqué le don d'organes est une partisane, elle m'a à la bonne, on a beaucoup parlé, je suis foutu de chez foutu, vous le savez très bien, usé jusqu'à la moelle, autant stopper les dégâts de suite. C'est comme un cadeau, cette jeune femme, arrivée en même temps que moi, à peine 25 ans, vous vous rendez compte ? Toute sa vie foutue suspendue à un fil alors que je suis là et que je peux faire enfin, une vraie action, de toute ma vie la seule action qui aura un sens. Réel. Immédiat. C'est inespéré. Je veux que vous mettiez tous mes papiers en ordre, que ma femme et mon fils ne manquent de rien mais je ne veux pas qu'ils sachent. Ni personne. C'est ma victoire à moi. La seule. Je ne pars pas comme un lâche, un tueur, je pars comme un homme. Qui aura réussi au moins une chose. Qui aura gagné un combat. Une bataille. Une vie donnée pour une vie que j'ai ôtée. J'ai beaucoup de chance…

Maitre P. : Mais enfin…

Leni, excédé : Mais enfin rien du tout, c'est ainsi, vous le savez très bien. Et vous ferez comme je vous ai dit après ça vous serez libre, mon vieux. Merci et désolé encore, je n'ai pas été un client très bavard durant mon procès mais là j'ai dit tout ce que vous aviez à savoir. Vous êtes au secret. Faites en sorte que ça le reste. Et vous aussi vous aurez rempli votre mission auprès de moi, vous n'avez plus rien à défendre que ma dernière et seule victoire.

Ivy n'avait jamais entendu cette fin de conversation. Ni vu le regard fataliste de l'avocat.

Encore moins le sourire rayonnant de Leni. Non plus, la poignée de main comme un dernier adieu. Un pacte scellé. Entre eux et le corps médical. Tous persuadés en dernière instance de faire le bien. De faire au mieux.

Si cela a été un jeu d'enfant pour Lo de pirater la base de données de l'agence de Biomédecine, trouver un nom, une circonstance, un pédigrée médical, pour le reste, les motivations, le pourquoi, l'ultime décision, le ressenti final. Rien. Nada. Aucun serveur n'avait ce décodage-là. Même si Ivy était heureuse de savoir qui remercier, dans son nouveau cœur, dans sa tête, elle se sentait frustrée.

L'homme était un saint homme qui avait passé toute sa vie à combattre les injustices. Jusqu'à la dernière minute, il avait fait don de tout ce qu'il était pour la cause des hommes. Jusqu'à donner son cœur. À elle. Ivy. Cette erreur de la nature qui allait pouvoir poursuivre son existence. Aussi minable soit-elle. Il l'avait choisie. C'était spécifié dans le dossier. Il ne signait l'accord qu'en vue de cette exigence. Sauver Ivy.

Alors Ivy avait cherché et trouvé tout ce qu'il était possible de savoir sur cet homme. Sa mission, ses combats, sa lutte… jusqu'à cet accident. Parce que c'était un accident cet homme qui l'agresse lors d'un défilé, lui qui est obligé de se défendre et le tue.

Légitime défense flagrante.

Et pourtant, non, l'homme avait été accusé de meurtre et emprisonné. Condamné par des scélérats de la justice. Lui qui avait voué son temps, son énergie, et sa vie de famille à sauvegarder le monde et préserver l'humanité de sa propre bassesse.

Elle en avait été indignée. Révulsée. Accablée.

Au fil des semaines, le cœur d'Ivy s'était gonflé d'injustice. Elle survivait grâce à un homme que son espèce avait trahi. Cela était devenu intolérable. Et pourtant, elle avait senti une nette différence.

Cette énième injustice ne l'empêchait plus de respirer comme toute sa vie auparavant.

Au contraire. Elle sentait son cœur se gonfler de fermeté et d'envie d'en découdre. De foncer dans le tas. De ne plus fuir. D'aller au combat. C'était venu petit à petit.

Comme si le cœur courageux de Leni devenait celui d'Ivy et qu'elle ne ressentait plus la crainte mais de la détermination.

Comme si en se greffant à elle, elle avait pris possession de lui. Qu'il était en train de lui donner sa propre endurance, sa propre vigueur.

Elle l'avait expérimenté quand l'I.K. était entrée dans sa vie. Elle n'avait eu aucun mal à l'envoyer balader, à la remettre à sa place.

Elle avait réagi.

Rageusement.

Pour la première fois. Elle avait ouvert une porte en elle. La porte à son implacable dessein. Et elle avait fait ce qu'il y avait à faire. Que personne n'avait fait pour elle. Elle aussi, oubliée de la justice des hommes et des dieux. Et elle l'avait bien fait. Purement et simplement. Sans fanfare ni cruauté mais avec sobriété.

Et même avec une certaine humanité.

Elle avait commencé à la genèse, par les cinq piliers du mal : son oncle puis le pote de son oncle et la voisine, le psy, l'assistante sociale. Et plus tard, le grand professeur et enfin l'I.K. Des pourvoyeurs de souffrance qui ne feraient plus de mal à personne. Jamais. Étaient venus s'ajouter quelques intermèdes comme le père de Lucas, le vigile et le pizzaiolo et plus elle y pensait plus la liste pouvait se rallonger. Il suffisait d'ouvrir les yeux.

Ici et là, à chaque carrefour, derrière chaque volet, trop de monstres en liberté et si peu d'hommes en vérité. À chaque seconde, un océan de douleur s'abattait en déluge, partout sur la planète. Il lui avait bien fallu commencer par un endroit. Son endroit.

Elle devait continuer la lutte. Reprendre le flambeau. Celui que Leni avait dû abandonner pour la sauver. Réussir là où il avait échoué avec ses pauvres méthodes d'homme d'honneur, d'homme de paix. Sa mission devait progresser en dehors d'elle. Elle avait fait ce qu'il y avait à faire pour sa propre histoire mais il restait toutes les autres. Des tas de victimes, tous les jours sur le carreau, qui voyaient leur bourreau s'en sortir parce que la justice faisait n'importe quoi. Elle avait bien emprisonné Leni.

Elle comprenait déjà que parler à son fils ne suffirait pas à l'apaiser. Au mieux à comprendre. Mais il fallait que sa force serve. Que son nouveau cœur rempli de ce pouvoir énorme de justice ait un sens. À l'image du saint homme. Elle n'était plus seulement Evan. Ou Ivy. Ou un bout de Leni. Fini la double erreur d'aiguillage. *Naître dans ce monde de fous. Et dans ce corps tronqué.*

Elle était autre.

Une gigantesque alchimie des trois.

71

Pour Ivy, l'acronyme « IEL » commençait enfin à prendre tout son sens et peut-être même, à lui filer le tournis.

Au départ, elle l'avait créé un peu au hasard. Bien au-delà du débat que la société en ferait. Elle l'avait créé par facilité. Pour témoigner de son parcours et de ses trois entités en elle qui la maintenaient en vie. Et aussi, parce que Lo lui avait demandé une adresse mail avec un pseudo. Quoi de plus naturel que de rendre hommage au prénom que sa mère lui avait offert, à celui qu'elle avait volé à Ivy et enfin à celui qui, en dernier recours s'était greffé en son cœur. Une mise en valeur qui flashait plutôt bien, dans l'air du temps, qui en plus ne donnait aucune indication sur l'identité réelle d'Ivy.

Si Lo savait effacer ses traces, il lui avait dit que ça serait encore mieux si elle avait une signature distincte, que tout le monde puisse reconnaitre quand elle posterait ses vidéos mais que personne ne pouvait décoder. En tout cas, pas tant qu'elle l'aurait elle-même décidé. Ils avaient œuvré ensemble longtemps à écrire les textes et faire les enregistrements. Et c'était loin d'être fini. Ils en étaient au stade de l'expérimentation.

Ivy était au texte pendant que Lo peaufinait la mise en scène des enregistrements.

Voix off. Écran noir. Quelques lignes lues de façon monocorde, sans émotions, presque métallique. D'une froideur qui glace les sangs. Une mise en scène crescendo comme se devaient de l'être les messages.

Encore à l'état brut, les messages. Qui avaient plusieurs sources. En grande partie, des phrases tirées du manifeste de Leni « *Répare-moi ou tue-moi* » mais aussi des écrits plus personnels d'Ivy et quelques trouvailles de Lo piquées sur le net.

L'idée était une diffusion massive, presque virale si en dernière instance, personne ne réagissait. Personne, c'était le journal Le Monde qui serait leur premier destinataire.

« Personne », « tout Le Monde », un jeu de mots grossier pour débuter un manifeste qui dénonçait le fait que plus personne ne se sente concerné par ce qu'il advenait de l'humanité alors que tout le monde semblait crier au scandale. C'était loin d'être au point. Surtout depuis quinze jours qu'Ivy disparaissait presque en permanence. Qu'elle se promenait avec un flingue dans les rues. Qu'elle kidnappait une mère et son enfant. Et Dieu sait quoi encore que Lo n'arrivait pas à savoir. Et qu'il attendait qu'elle rentre pour avancer leur projet.

Ivy, qui avait mis Lo à contribution, pour noyer le poisson. Pour le pousser à des recherches qui contribuaient à la parfaite maitrise de son plan. Alors qu'elle commençait juste à comprendre que le fait d'incarner à ce point son « IEL » impliquait une réalité qui était en train de la dépasser. Jusqu'à ne plus pouvoir faire demi-tour. Et les mettre tous en danger.

72

La déception. Comme un choc. Avec l'envie de refermer brutalement la porte. Un seul regard et la sensation de s'être fait avoir. Les photos étaient floues mais quand même. Prises de loin, voire de très loin alors. Il n'avait pas vraiment fait gaffe.

Il aurait dû.

Maintenant elle était là, devant lui et il ne savait pas quoi dire. Comment lui dire. Que ça ne le ferait pas. Mais alors pas du tout. Que c'était une erreur. Il était prêt à se repentir, avouer que c'était de sa faute. Entièrement de sa faute. Qu'il avait changé d'avis. Qu'il n'était pas prêt. Ou alors que c'était une farce de ses copains. Au boulot. Comme un bizutage.

Ça devait se voir sur sa tête. À la façon dont elle le regardait aussi. Ils avaient l'air de deux papillons pris dans les rais d'une lumière trop crue.

Aveuglés, piégés, hypnotisés.

Pour Ivy, aussi, ses pensées défilaient à mille à l'heure. Elle tentait d'offrir son plus beau sourire, maladroitement tout en se disant la même chose. Mais pas pour les mêmes raisons. Que c'était une erreur. Une grosse erreur. Elle était en train de s'exposer devant un flic. Elle s'était jetée dans la gueule du loup. Il avait dû chercher qui se cachait derrière son pseudo et il avait trouvé. C'est tellement facile aujourd'hui. Lo y arrivait bien.

163

Alors les flics. Ils étaient peut-être déjà là. En attente d'un signal. Un code.

Avant de débarquer à plusieurs.

Elle avait quand même flingué dix personnes. Ça commençait à faire beaucoup. Ça avait fini par se voir. Tu parles, en à peine quinze jours, une sacrée avalanche de morts suspectes. Une famille aux petits soins qui avait demandé une autopsie. Et la dose létale n'était plus un mystère. Pour personne. C'était devenu une signature. Sa signature.

Le pauvre gars tenait la porte comme s'il s'y accrochait pour éviter de trembler. Peut-être qu'il avait peur ? Que c'était sa première vraie arrestation de psychopathe ? Et elle, elle était encore sur le palier. C'était l'histoire des secondes les plus longues du monde où, chacun empêtré dans sa propre malédiction, initiait plusieurs phrases d'accroche sans qu'il ne se passe rien et que seul le silence enfle jusqu'à devenir gênant.

Et en même temps increvable.

Il avait fallu un bruit à l'étage en dessous pour les forcer à réagir. Une porte qui claque et les fasse sursauter, changer de position et tenter un début de dialogue.

-     Euh, oui, pardon, Ivy c'est ça. Alors euh, excuse-moi, tu veux rentrer ? Ou alors, c'est mieux dehors ? Hein, c'est mieux ? Ici c'est tout petit.

Et il avait ouvert grand la porte, pour qu'Ivy voie ce que petit voulait dire de riquiqui, à peine plus grand qu'une chambre de bonne et qu'elle acquiesce d'un mouvement de tête, paralysée encore mais contente. Qu'il ait parlé. Que le sursaut ait débloqué la situation. Que le petit appartement soit vide. Que le voisin du dessous ne soit qu'un voisin. Qu'il veuille aller dehors. Dehors où elle pourrait toujours s'enfuir. Si jamais. On ne sait pas. Après tout.

Alors il avait arraché son blouson à une patère surchargée, et voyant qu'il allait sortir et refermer la porte, elle s'était poussée évidemment et ils avaient descendu d'une traite les cinq étages comme s'ils avaient le feu aux fesses et que dehors, seulement dehors, dans la nuit froide, le grand air leur donnait enfin la respiration qu'ils étaient venus reprendre comme deux naufragés qui viennent d'échapper à la mort.

73

Ils avaient marché encore un peu, en silence puis ils s'étaient assis en terrasse, terriblement enfumée, heureusement ouverte au vent et chauffée par des braseros suspendus. Maintenant ils sirotaient leurs verres, une bière blonde pour Nico et un verre de chardonnay pour Ivy en regardant autour d'eux comme si quelque chose pouvait les happer qui fasse retarder le moment de la discussion.

Après une première gorgée d'un vin, somme toute âpre et légèrement râpeuse, pour une femme qui aimait par-dessus tout les liquoreux, Ivy retrouva une certaine prestance et se lança. Après tout, c'était elle qui avait initié ce rendez-vous et qui avait monté ce stratagème. C'était donc à elle de se dévoiler rapidement. Elle sentait bien comme le gars se sentait piégé. Il fallait à tout prix qu'il ne s'enfuie pas avant qu'elle ait appris ce qu'elle voulait savoir.

- Nicolas, je sais ce que vous pensez à cet instant. Je voudrais m'excuser. Je ne ressemble pas à ma photo. Je vous ai tendu un piège. Je trouve ça bête maintenant. Mais je voulais vous parler et je n'ai trouvé que cette seule façon de le faire. En fait, pour tout vous dire c'est surtout de votre père que je voudrais vous parler. De votre père et de son cœur. Celui qu'il m'a donné à sa mort. Et qui m'a sauvé la vie.

Elle avait débité cela d'une traite, vu le visage du jeune homme se détendre aux premiers mots et sans transition, se figer sur les derniers mots. Elle savait qu'elle avait été abrupte. Mais toute sa vie l'était et sa situation aussi et leur rendez-vous qu'il fallait bien inciser d'une façon ou d'une autre.

Nico était abasourdi. Il fixait Ivy comme si sous son déguisement, allait surgir quelqu'un qu'il connaissait mais qu'il n'avait pas reconnu. Parce qu'elle était déguisée, c'était certain, ça devait être un piège, une mauvaise blague, cette sorte de femme qui faisait semblant de l'être, dont le maquillage luisait trop fort, dont la voix détonnait, dont le maintien portait à confusion. Elle avait fait illusion jusqu'à ce qu'elle prononce l'imprononçable. Et qu'elle parle de son père.

Alors qu'il était ici incognito.

Que personne ne savait.

Qu'il avait changé de nom.

Qu'il avait fui tout ca.

-   Mon père, quel père ? Mais qui êtes vous ?
Et que savez-vous de moi ?

Il avait parlé à voix basse, en retenant sa colère,
en évitant de se lever et de l'envoyer au diable,
elle, la table, les verres, le monde entier mais son
ton était sans ambigüité. Son regard sans chaleur.
Sa posture sans aménité. Aussitôt, elle s'était
excusée une seconde fois et elle lui avait raconté.
Tout doucement. À voix basse. En affichant une
mine désolée. Ce jour-là à l'hôpital. Ce qu'il lui
était arrivé. Et qu'elle avait su que son cœur était
celui de son père.

Surtout qu'il ne lui demande pas comment elle
savait, comment elle était sûre. Il fallait qu'il la
croie. Elle ne serait pas venue le déranger sinon.
Elle voulait savoir c'est tout. Et puis le remercier
aussi. Lui dire combien son père était un saint.

Que grâce à lui, elle avait droit à une autre
chance. Elle avait dit autre chance et pas troisième
chance, elle s'était retenue à temps, sinon il aurait
fallu lui expliquer la deuxième chance, Ivy, et alors
Evan avant et tout le merdier, la double erreur
d'aiguillage et ça non, ce n'était pas son histoire,
lui, il devait savoir ce que son père avait fait, et
voilà, c'est tout, et puis s'il pouvait lui dire s'il
savait, lui, pourquoi son père l'avait choisie, elle ?

Parce que c'était écrit ainsi dans le dossier et
qu'elle ne comprenait pas et que tout de même,
c'était une chose de faire don de ses organes mais
de la choisir, elle, exprès,   ça non, elle ne
comprenait pas. Une fois encore, elle avait dit tout
ça sans s'arrêter. Pour être sûre qu'il entende tout
ce qu'elle avait à dire et qu'il ne s'énerve pas. Plus.

Ni même qu'il s'en aille. Et elle avait rajouté, encore une fois, qu'elle n'était pas là pour l'embêter. Vraiment. S'il pouvait la comprendre. Un peu. Juste ce soir, lui consacrer un peu de temps. Maintenant qu'il savait et qu'ils étaient là tous les deux. Quoi faire d'autre, hein, quoi faire d'autre, avait-elle murmuré presque au bord des larmes. À bout de force. Comme le petit Evan en elle savait l'être parfois. Quand la vie le mettait face à sa grande sensibilité, à sa mise à nu. Devant ce gamin. Un bout d'elle. Comme son frère.

74

Il avait été sensible à sa franchise. Ça s'était vu.

Au fur et à mesure de ses paroles, elle l'avait senti moins réticent, moins crispé. Pendant qu'elle parlait, ils avaient vidé leurs verres et, lui, il avait recommandé une tournée. L'ivresse avait peut-être aidé. À relâcher la pression. À l'écouter sans bondir. Il n'était pas si mauvais bougre pour un flic. Ni charognard. Encore moins demi. Un bleu, certainement, ça se voyait. Avec cet air de grand gamin, un peu paumé, comme un de ceux qu'elle aurait pu ramasser pour ramener à sa tribu.

Ivy avait été rassurée. Il était sans danger.

La vie commençait juste à le façonner. Il avait été protégé même avec un père absent, ce qui vaut mieux parfois, et puis il avait eu une vie somme toute normale.

C'est ce qu'il lui avait dit d'ailleurs. De lui-même. Son choix d'être flic n'était qu'un dernier pied de nez pour faire réfléchir son père et ça n'avait pas marché mais au fond, aujourd'hui, il s'en foutait de tout ça. Sa mère, elle, avait toujours été là. Et c'était tout ce qui comptait. Pour le vieux, c'était fini, il voulait passer à autre chose.

Il avait fini par se confier véritablement en se disant *désolé aussi, de ne pas pouvoir l'aider et de lui expliquer qu'il n'avait pas connu son père, pas à ce point là d'obtenir ce genre de confidences et qu'il n'en savait fichtrement rien du pourquoi du comment de sa décision. À cette époque, Leni ne voulait voir personne, même pas sa mère. Peut-être que lors de leurs échanges téléphoniques, il s'était confié mais lui n'en savait rien. Connaissant le bonhomme et son penchant à vouloir sauver la planète, il avait dû saisir l'occasion du destin.*

Son avocat, Maitre P. lui, qui avait été là et avait apporté tous les papiers devait bien le savoir quand même, au vu de ses dernières performances et de son statut de tueur, son vieux a dû se dire qu'il faisait là une belle action de rachat. Alors oui il la croyait même si c'était louche qu'elle sache un truc pareil. Vive le soi-disant anonymat. En tout cas qu'elle n'essaie pas de jouer avec ça.

Elle n'en avait pas le droit. Parce que oui, effectivement, ce qu'elle racontait pouvait correspondre, même lieu, même date mais personne n'était censé le savoir sinon, elle pouvait croire que Leni l'aurait fait savoir de lui-même. En tout cas, y avait rien à en dire de plus, lui il voulait passer à autre chose, se construire en dehors de l'histoire de son père alors, si après ça, elle pouvait disparaitre, qu'elle aille faire battre son cœur ailleurs.

Il avait retrouvé une voix offensive pour conclure d'un *qu'elle aille faire battre son cœur ailleurs*, avec un arrière-goût de rancune et de tristesse.

Celle d'un gosse abandonné qui n'a peut-être jamais été reconnu.

Et Ivy l'avait entendu.

Elle comprenait cela.

Mille fois.

Ce n'était qu'un murmure mais ça criait aussi fort que lorsque Lucas avait alerté tout l'hôtel l'autre soir. Ça ressemblait à une dernière plainte. Un vide dont il mettrait des années à s'affranchir, elle en était certaine.

Ils avaient scellé leur discussion autour d'un troisième verre, passablement ivres et chacun avait repris son chemin comme si entre eux n'existait pas le fantôme d'un homme qui avait tout pris d'un côté et tout donné de l'autre.

75

Le lendemain, Nico s'était réveillé avec la gueule de bois et de méchante humeur. Il sentait qu'il s'était fait piéger. Il avait joué le jeu d'Ivy sans même avoir pensé à demander comment elle l'avait retrouvé.

Alors qu'il avait changé de nom.

De ville.

Mais évidemment pas de passé.

Faut croire que celui-ci allait lui coller à la peau qu'il le veuille ou non. Qui était-elle vraiment pour savoir toutes ces choses qui sont censées rester secrètes ?

Il avait voulu se reconnecter à l'appli mais son profil avait disparu. Comme si elle n'avait jamais existé et qu'il avait rêvé sa soirée d'hier. Même si il avait trop bu, il savait que tout cela était réel. Il s'était fait avoir comme un gamin. Trois verres et un de plus en rentrant, seul chez lui, et c'en était fini du bonhomme. Ses collègues avaient raison de le traiter de bleu. Il portait un uniforme trop grand pour lui. Des conneries d'ado qui allaient lui pourrir la vie jusqu'à perpète.

Peut-être ferait-il mieux de rentrer et de faire amende honorable.

Retrouver V, se faire pardonner d'être un gros con, elle lui avait même dit, *pire que ton père* et tout recommencer, depuis le début.

Paris n'était pas fait pour lui. Les applis de rencontres non plus. Être flic encore moins.

Au fond, ça ne l'intéressait pas de savoir qui était Ivy et à quel point elle était dans l'illégalité de savoir sur lui autant de choses. Non, ce qui l'emmerdait en se réveillant ce matin, c'était de constater que sa vie ne lui appartenait pas.

C'était ça ce que la soirée d'hier lui avait révélé. Il avait beau se cacher, quelqu'un, un jour ou l'autre viendrait le cueillir chez lui pour le faire avouer.

C'était une guerre d'ego qu'il menait aujourd'hui contre son père alors qu'en vrai, il l'admirait.

C'est vrai il n'avait pas été là l'enfoiré mais il avait eu une vie que lui, son fils, n'aurait jamais s'il continuait de faire semblant et de se cacher. Alors que merde, il mourait d'envie de rentrer et d'assumer. D'être le fils d'un homme certes absent, mais sacrément couillu d'avoir été au bout de ses engagements.

D'être amoureux d'une fille qui lui avait fait peur avec son avenir tout tracé dans la banque de papa mais qui ne décollait pas de sa tête et de ses tripes.

D'être un fils profondément admiratif d'une mère qui n'avait jamais rien renié de ses choix et qui sans le sacrifier lui, avait tout sacrifié au seul homme de sa vie.

D'être juste un mec qui voulait profiter de la vie sans se mêler de celle des autres. Même de cette Ivy, moitié sœur ou frère ou trans, il s'en foutait, voyou en tout cas, et en y réfléchissant ça pouvait presque le faire marrer. *Que chacun vive sa vie au mieux Sans faire de mal. En allant son chemin.*

N'était-ce pas l'une des fumisteries de Leni, quelque part dans son manifeste *Répare-moi ou tue-moi.* qu'il avait lue en cachette et qu'il avait retenue ?

Bien malgré lui.

ULTIME ENTRACTE

On ne sait jamais quand revient le boomerang. Ni d'où il jaillira. On sait juste qu'il rentrera, à « bon » port, - *ou mauvais, la question reste en suspens* ? - un jour ou l'autre. Mais à quelle date et sous quel angle exactement, c'est impossible de le définir.

Tous les actes posés à un endroit ne sont pas forcement appelés à devenir boomerang. Certains sont des points finals, des décisions légitimes, ou pas d'ailleurs, en tout cas des destins écrits. D'autres, au contraire, rencontrent une force, un élan, une trajectoire et reviennent.

Inexorablement.

Qui choisit et pourquoi, reste un mystère. Sur les dix charognards à terre, un seul s'est redressé. Qu'il soit écrit « un seul » ne présage pas du genre, féminin ou masculin. C'est un charognard dans son entière entité de charognard. Une masse répugnante.

Quoi qu'il en soit, je vous laisse juge. À vous lecteurs. Là, maintenant. Si vous deviez décider. Si vous pouviez décider. Au moins envisager une réponse. Sans attendre que la vie, le destin, l'univers, Dieu ou les hommes, encore moins nous, auteurs inquiets, tiraillés, courroucés, le fassent pour vous.

Dix charognards. Dix monstres à terre. Et un seul qui se redresse. Réclame vengeance. Parce qu'évidemment celui-là est le pire qui, de charognard, se transforme en victime et réclame réparation.

Fermez ce livre. Un instant.

Posez-le. Et réfléchissez.

D'où viendra la bascule ?

Est-ce que le mal vaincra ?

Ivy est-elle appelée à mourir ?

Sera-t-elle emprisonnée ? Jugée ? Épargnée ?

Selon quelle loi ? Quelle logique ?

Quelle finalité ?

Celle du con qui gagne toujours ?

Du plus fort ?

Du pot de terre contre le pot de fer ?

Du seul fait de ne pas avoir le droit de se faire justice soi-même ?

D'avoir été négligente ? Jeune ? Idéaliste ?

Auriez-vous l'envie, ou pas, de la prévenir, dans un murmure, un cri fracassant, de ne surtout pas rentrer, de ne pas se faire avoir. Ou au contraire, voudriez-vous que le destin s'accélère ?

Et qu'elle succombe ?

Flic ou voyou, vous aussi ?

Banal humain crevant d'envie devant son courage ou Homme avec un grand H, fier de son humanité, en pleurs devant sa logique suicidaire ?

Avait-elle raison ou tort ? Une poignée de charognards méritent-ils qu'on les venge à leur tour ? Alors qu'il reste tant à faire et que sous votre plaid, bien au chaud, ce n'est pas vous qui allez faire le sale boulot qui pourrait rendre notre planète plus désirable, abondante, joyeuse, propre, sûre, fiable, jolie.

Évidemment Ivy n'a pas de beaux habits, un masque, une cape, une épée ou un costume de super héros qui pourrait la sauver in extremis. Pour

174

autant ne vaut-elle pas tous les Spiderman, Batman et autres 007 de la planète ? Bien meilleure qu'eux, en vérité, car bien vivante, incarnée et non dessinée dans une bulle artistique ou dans des *scénarii* fantasmés.

Qui, à présent, va l'absoudre de tous ses péchés ?

La vie, la vraie, est bien plus triviale que la fiction.

Ce n'est pas un roman la vie. Faut se farcir le boulot à mains nues. Se salir les pognes. C'est moche. Bien plus moche qu'entre les pages d'un livre.

Sûrement pour ça que les Ivy ne courent pas les rues. Et sa tribu de bras cassés non plus. Et que tous les petits Lucas du monde pleurent encore au fond d'un bouge alors que leur mère s'entête à ne pas porter plainte en attendant que la providence les sauve.

Allez essayer de cacher un sans-papier chez vous. Allez tenter de rentrer dans la tête d'un connard qui hurle sur sa femme. Allez plonger dans une mer froide pour sauver un réfugié qui se noie ou simplement, tout simplement, dites non à quelqu'un qui ne supporte pas la frustration. Et voyez ce qu'il se passe.

La vie va vous savonner l'envie de jouer les héros en moins de temps qu'il ne m'en faut pour vous l'écrire. Ça flingue le moral de lire ça. Ça casse la tête et le cœur. Un peu. Beaucoup. À petit feu.

Voilà pourtant, pourquoi Ivy risque de se faire choper. Et que nous, à ce stade, on vous demande, et vous, que feriez-vous devant cet ultime charognard, qui se relève ? Attendez encore un instant avant de tourner la page.

…

Et puis, si vous ne trouvez pas de réponse en vous, alors continuez de lire.

Dites-vous bien alors que c'est pour ça que les méchants continuent leur route. Parce que tous, à un moment ou un autre, on tourne la page. Tout simplement. Faute d'imagination. Ou de courage. Ou de moyens pour s'acheter une cape, une épée et un masque.

Et qu'alors, il faut bien que les Ivy continuent de se battre. Jusqu'au bout.

RIDEAU FINAL

76

Un retour dans la nuit sans incidence. Sans envie d'en découdre. Comme si tout était endormi en elle et autour d'elle. Apaisé. La boucle bouclée. En grosse partie.

Est-ce que les zones d'ombre restantes valent encore la peine de se battre ? À cet instant, sur le point d'arriver et de retrouver sa tribu, Ivy n'en est plus sûre.

Elle a été au bout du bout et fait ce qu'elle avait à faire. C'est déjà énorme. Si chacun en faisait autant, tout irait bien mieux. Pour autant, là tout de suite, elle a envie de se reposer et d'en profiter. Une nouvelle configuration a vu le jour, qu'elle se doit de protéger. Lucas, sa maman, son BG tout amoureux, une jolie bulle de bonheur.

Elle a assez pris de risque comme ça.

Peut-être plus tard, sur le chemin de la vie, sera-t-elle obligée de réduire à néant d'autres charognards, il en existait tant et tant, mais pas tout de suite. Pas dans l'immédiat.

Il lui tarde de se glisser dans son lit et de croire que pour un instant, une nuit, un espace temps provisoire, le monde tourne enfin rond. Même si elle n'a abattu que dix charognards sur des millions potentiellement existant, c'est un bon début.

Aucune ombre ne plane plus en elle et au-dessus d'elle. Elle se sent légère. Vivante.

Vengée.

Bientôt, elle va se glisser au milieu de sa tribu endormie, avec le sentiment du devoir accompli et demain, la vie reprendra son cours, comme si ces derniers jours n'avaient été qu'un aparté. Essentiel. Obligé. Ravageur. Mais un simple aparté quand même.

Le fait de rencontrer Nico, son demi-frère de cœur ou de sang ou de…, elle ne sait pas trop au juste, a enclenché ce revirement. C'était son dernier sur sa liste et elle aurait presque eu envie de le prendre dans ses bras, de le ramener à la tribu et de clore sa vindicte sur une rédemption exemplaire. Jusque-là elle a eu de la chance mais quelque chose en elle lui murmure qu'elle a atteint ses limites. Le rencontrer lui a foutu la frousse et l'a rassérénée en même temps.

Tout s'est bien passé.

Au-delà du possible.

Il ne faut peut-être plus trop jouer avec le feu.

Sa colère est tombée aussi. C'est un fait indéniable. Après chaque jour, chaque heure, chaque vengeance orchestrée, Ivy l'a sentie s'atténuer, se dissoudre, jusqu'à complètement disparaitre. Elle ne s'en fait pourtant la réflexion que cette nuit, étonnée et passablement dépitée. Ainsi donc, elle est comme tout le monde. Repue de sa propre existence. Indifférente au reste du monde tandis que ses besoins ont été largement comblés.

Ce qu'elle a pris pour une grande cause de dézinguer tous les cons et les méchants de la planète n'était en fait que sa petite cause à elle. L'envie de tuer lui est-elle véritablement passée ou est-elle trop fatiguée, ce soir, pour envisager de revivre encore une journée comme les quinze dernières ?

C'est comme si tout à coup, elle réalisait l'ampleur de la tâche, accomplie et à accomplir. Comme si tout à coup, dans la nuit, le silence, la solitude, le relâchement, elle prenait conscience du chemin parcouru. Comme si elle revenait à elle, à la réalité et qu'elle sortait d'une espèce de torpeur qui l'avait guidée et dont elle ne s'était pas rendu compte qu'elle l'enveloppait depuis le premier jour.

Ce premier jour qui date de quand exactement ? Quand son cœur avait implosé ?

Quand il avait été remplacé ?

Quand elle avait décidé de dire stop pour la première fois de sa vie ?

Quand elle avait compris qu'il lui faudrait en passer par là pour remettre sa vie à l'endroit et qu'elle en avait conçu du plaisir ?

Plaisir d'imaginer dézinguer ces sept charognards, un par un. Plaisir d'en rajouter trois ou plus si besoin avait été Comme dans un jeu, comme dans un film. Ça avait été si simple. Tant de gens disparaissaient ou mouraient sans que personne ne s'inquiète.

Et pourtant, là, ce soir, elle se sent au bout du rouleau. Sa mère n'est pas réapparue. Ni en rêve ni en pensée. Depuis un bon bout de temps.

Alors que tout date de là finalement. De cet instant où devenue orpheline, elle avait juré de se venger un jour.

Qu'elle s'en était fait un idéal, un but, une vocation. Un plan parfait. Et qu'elle avait réussi.

77

Bien sûr que les ombres ont disparu.

Et pour cause.

Elles ne planent plus. Nulle part. Elles sont mortes. Efficacement. Qui pourrait résister à une dose de pentobarbital dilué dans une solution stérile isotonique de chlorure de sodium ? Chevaux, bovins, porcins eux-mêmes ne s'en relèvent pas. Alors les humains ! Tous dans le même caveau.

Quand il faut abattre, les vétérinaires ne font pas dans la dentelle. Et quand dans certains pays, il faut euthanasier, c'est idem.

N'était-ce pas la solution idéale ? Rapide, efficace ?

Tuer toutes les ombres. Sans exception.

Sauf une ! Toujours ce foutu grain de sable…

Est-ce la première qui était mal dosée ?

Les suivantes qui ont été miraculeusement sauvées ?

Ou celles, non prévues, qui ont peut-être fait ricochet ?

Une ombre sur dix qui ne plane plus, non, mais qui rôde. Sacrément ancrée, celle-là, en appui sur ses deux jambes. Menaçante. Sous couvert de la nuit, dans le plus parfait anonymat. Qui a facilement trouvé le repaire d'Ivy, et de sa tribu.

Un jeu d'enfant en vérité.

Ivy qui se croit au-dessus des lois, des soupçons, qui pense avoir tout maquillé, effacé, sans laisser aucune trace, pas la plus infime parcelle d'ADN, ni début de piste pour qui serait assez bête pour ne pas mourir et vouloir se venger à son tour.

Sans prévenir la cavalerie évidemment. La loi n'étant jamais du bon côté des victimes.

Une ombre qui s'érige évidemment en victime et qui vient chercher son dû. Qui n'a rien compris de la vie et de la chance d'y survivre. Qui pourrait disparaitre au contraire et se taire. Lâcher prise. Mais non car cette ombre est de la charogne de compétition. Qui traduit le fait d'avoir survécu comme une confirmation de sa légitimité et l'occasion de se racheter d'une humiliation aberrante.

Une ombre qui laisse Ivy se garer, éteindre ses feux, qui la voit sortir de son véhicule précautionneusement, pour ne pas faire de bruit et réveiller ses amis. Une ombre qui se rapproche, emmitouflée de nuit. Une nuit sans lune. Et une rue sans réverbère. Excentrée de la ville.

Une ombre comme un boomerang qui s'abat sur Ivy, sans crier gare, avec tout l'élan de la rage, tout le chemin qu'il a fallu parcourir pour arriver là, à cet instant, se relever, ne pas mourir, se taire, chercher la femme et enfin la trouver.

78

Dans le même instant, Lucas ouvre les yeux. Quelque chose, comme une appréhension souterraine le sort de son sommeil. Il se dit que ça recommence. Il le sent comme à la maison autrefois. Cet instinct quand tout tournait mal.

Qu'il entendait les cris étouffés de son père et les supplications larmoyantes de sa mère. Il se croit revenu des jours en arrière, ailleurs. Avec cette même boule au ventre, ce besoin irrépréhensible de faire pipi, de devoir se lever et en même temps, cette incapacité à bouger en restant caché sous la couette et en s'obligeant à fermer les yeux, les poings, la bouche jusqu'à oublier de respirer.

Se faire tout petit, invisible, inexistant jusqu'à ce que sa vessie lâche et qu'il se recroqueville, à l'autre bout de son lit.

Et pourtant, rien n'est comme avant. Il entend la respiration paisible de sa mère, tout contre lui. Depuis qu'ils sont arrivés ici, tous les soirs il s'endort avec elle. C'est peut-être là le plus beau cadeau qu'il conscientise du haut de ses quatre ans. Même si chaque jour, BG lui ramène un jouet, il se rend compte que sa mère, contre lui, apaisée, souriante est ce qu'il préfère.

Alors, en se réveillant abruptement, alors qu'il ne faisait même pas un cauchemar, que tout a l'air tranquille, il ne comprend pas ce qui cloche.

Quel est ce danger qui semble peser sur lui et autour de lui ?

Une angoisse terrible lui dévore les entrailles à présent, il ne se l'explique pas mais s'il ne réagit pas, vite, il va se faire sous lui. Dans son ventre, il y a un gargouillement de tous les diables qui le précipite en dehors du lit, malgré la peur, le silence et le noir profond de la pièce.

Cette agitation, ce brusque départ est le point d'alerte pour que Sandra ouvre les yeux et s'affole à son tour.

Son fils a disparu.

Elle croit l'apercevoir au loin, en train de courir puis disparaitre. Comme si tout allait très vite et qu'elle se sente impuissante, elle reste un temps choquée, à peine une poignée de secondes, comme anéantie, avant de réagir.

Simultanément à sa volonté de se mettre debout, il y a comme un énorme bruit sourd, un bruit contenu, assourdi, mais bien présent qui résonne au travers des murs et lui coupe les jambes. Dans sa tête, l'enchainement des faits va très vite.

Elle n'a aucune idée de ce qu'Ivy a fait subir à son amant. Pour elle, Serge T. n'est pas mort mais bien vivant. Et surtout en chasse depuis qu'elle et son fils sont partis.

Et elle en est sûre, il les a retrouvés. Il est revenu.

Quoi de plus facile, en déduit-elle, que de s'en prendre à Lucas pour la faire réagir, revenir vers lui et ployer définitivement ?

Quoi de plus docile qu'une femme à qui l'on vole son enfant ?

La preuve en est, qu'en cet instant, elle est prête à tout pour le sauver.

Alors, comme un cri venu des profondeurs de son être et de toute la lignée des femmes avant elle, elle hurle un « non » infini, qui s'en va rebondir jusqu'à des kilomètres à la ronde.

79

Et d'un coup, c'est Versailles à tous les étages, les feux de la rampe, les portes qui s'abattent contre les murs, la tribu au complet qui sort de son antre, le cheveu hirsute et la mine déconfite. Tous, ce n'est que BG, Lo et Sandra en fait, en quelques secondes, devant la porte des toilettes où Lucas s'est précipité, la laissant ouverte, le pantalon de pyjama en bas des jambes, le visage congestionné par ses douleurs abdominales.

Une situation incongrue s'il en est. Trois adultes, incrédules, au milieu de la nuit, en panique devant un enfant en train de se tortiller sur la cuvette des toilettes, et somme toute, simplement malade. Si la paranoïa de Sandra est légitime, elle n'en reste pas moins déconcertante. Ce n'est pourtant pas la première fois que son fils se lève la nuit.

Alors comme pour faire mentir ce jugement expéditif, forcément simpliste et ramener les choses à leur juste place, à une explication proportionnelle, un second cri, peu de temps après celui de Sandra retentit. Moins strident, comme étouffé mais un cri quand même, qui les surprend tous et qui dans un même élan, les propulse à la porte d'entrée.

À peine l'ont-ils ouverte qu'ils voient devant eux : Ivy, le visage en sang, maintenue de force par un homme cagoulé. Ivy qui les supplie du regard de ne surtout rien tenter pendant que l'homme leur intime d'un geste sans équivoque de reculer en silence.

Où chacun apprend de la bouche de l'homme qu'il est question de vengeance, de justice, de folie, de piqûre, de diablesse, d'humiliation, de tromperie.

Où, au cours de la nuit qui s'éteint et disparait au travers du jour, l'homme demande des comptes et Ivy en donne.

A-t-elle un autre choix ? Il a une arme et cinq otages dont un enfant.

N'est-il pas temps de tout dire, tout payer ? Ivy elle-même y trouve son compte. Elle peut parler librement. Dire à sa façon. Avouer. Se soulager. Elle était si fatiguée. Elle est certaine qu'ils comprendront. Lo et BG, c'est sûr. Sandra, aussi, d'une certaine manière. Et même Lucas, qui a compris d'où venait le danger. Avant tout le monde. Qui l'a ressenti. Et qui saura le reconnaitre, sur son chemin, de quelque façon qu'il se présente. Pour le restant de sa vie. Rendu à sa part d'animalité instinctive.

Chacun des protagonistes suspendu aux lèvres d'Ivy. Même l'homme cagoulé.

80

L'homme cagoulé.

Qui ne peut pas être l'oncle ni même son acolyte. Trop vieux, trop avinés, trop faibles, ils ont succombé sans broncher. Sans même se débattre. Tout comme la voisine, trop heureuse de rejoindre Dieu. De se faire pardonner.

Et le psy, tellement planant, qu'on peut penser qu'il n'a rien vu venir.

Non plus l'assistante sociale, incapable de se lever. De toute façon, elle aurait eu la flemme. Ce fut sa dernière paresse.

Peut-être le grand professeur, alors ? Même pas ! Groggy par ce que lui avait infligé sa maitresse au cours de la nuit, c'est à peine s'il a senti la piqûre au milieu de toutes ses contusions. Ou l'I.K. ? Qui a failli succomber au charme d'Ivy, et s'est abandonnée dans ses bras pendant que le liquide faisait son effet. Bouffée aux hormones de l'érotomanie, on peut imaginer qu'elle y aura trouvé un ultime plaisir. Malsain. Mais un plaisir tout de même.

Reste le Vigile, qui a eu un sursaut, qui a reconnu la violence du Taser, a senti le point d'entrée, qui s'est débattu mais pour lui, Ivy avait augmenté la dose. Elle n'avait pas la carrure de le battre. Elle l'a vu agoniser. Elle n'a rien ressenti. Heureusement que son chien avait sa muselière. Son regard l'a mordu plus profondément encore. C'était là sa plus grande punition.

Reste alors le Pizzaiolo, un gros lard, plein de graisse. C'est vrai que pour lui, elle n'a pas attendu. Elle l'a piqué et s'est enfuie. Tout comme le père de Lucas ? Qu'elle a laissé pour mort. Sans vérifier. Sans être sûre.

Deux abrutis, deux gabarits.

N'en reste qu'un.

Agile et souple. Pervers. Arrogant Teigneux. Revanchard. Le pire d'entre tous.

Qui ne veut pas lâcher l'affaire.

Qui laisse Ivy se débattre avec son histoire. Qui joue les indignés. Les outragés. Dire qu'elle ne l'aurait pas rajouté à sa liste, elle n'en serait pas là.

À devoir se confesser, à regarder Lo et BG s'effondrer à chaque épisode de son histoire. À sentir la peur refluer dans les yeux de Lucas et de sa mère. Mais alors, il aurait fallu laisser faire, se taire, fermer les poings. Il aurait fallu se ronger les sangs et laisser courir. Comme toujours. Partout dans le monde. Laisser le mal se répandre.

Impossible.

81

Il aurait surtout fallu bien mieux nettoyer ses traces et ne pas multiplier en si peu de temps les cadavres.

Il aurait fallu ne pas avoir une voiture si bleue. Que le chenil n'ait pas de caméra de surveillance. Ne pas rajouter à la liste des charognards, des impondérables qui posent problème. Trop de questions.

Comme ce pizzaiolo dont la mort a paru suspecte aussitôt la police arrivée sur les lieux. Il aurait fallu que le mélange létal ne laisse pas de trace.

Ni même la piqûre. Encore moins le Taser. Et sa putain de carte bleue.

Que le recoupement de tout cela ne finisse par mettre les flics sur la piste d'Ivy.

Qu'ils en dressent un profil de *serial killeuse*, tueuse à la chaine ? Quand bien même, ils n'auraient à leur connaissance, que trois cas répertoriés sur les dix à son actif.

Il aurait fallu que la descente prévue, en ce dernier jour de février, ne coïncide pas avec la revanche de l'homme cagoulé.

Lequel homme, en finissant aux urgences, a subi un interrogatoire et s'est fait à son insu, l'hameçon des flics. Sauvé in extremis par ses collègues et surtout par le fait, qu'Ivy n'avait plus sur elle assez de mélange pour faire correctement son boulot, le père de Lucas a fini par la reconnaitre et à l'associer à la première fois, où elle est intervenue, à l'hôtel.

Découvrir quelle voiture elle possédait alors, trouver sa plaque d'immatriculation et son adresse, ont été, pour lui, un jeu d'enfant.

Il aurait donc fallu que tous ces millièmes de détails convergents ne fusionnent pas pour que l'impossible d'Ivy devienne possible.

Il aurait aussi fallu qu'Ivy n'ait pas 25 ans. La rage au ventre. Une soif d'absolu.

Un Evan croupissant en son sein comme une plaie jamais refermée.

Il aurait fallu que Leni soit encore vivant pour lui expliquer que si la révolte pacifique ne résout rien, la violence encore moins.

Il aurait fallu encore que Nico, son fils, devienne son frère de cœur, comme par magie, en un soir et qu'il puisse peut-être intervenir ou la prévenir.

Il aurait tant fallu pour qu'en lieu et place de son avenir, Ivy se fasse coudre un costume de super héros. Et surtout, qu'à l'aube de se faire cerner par les gyrophares qui bientôt, illumineront le jardin et la maison, elle ne devienne enragée à l'idée de laisser gagner le père de Lucas.

82

Parce qu'il faut les imaginer. Être à leur place. Dans ce dernier instant.

Tous alignés en rang d'oignon, tassés sur le canapé, dans le séjour, en caleçon ou en pyjama, le visage craie, aussi blanc que le plafond d'une chambre d'hôpital, sous le joug d'un homme qui en ôtant sa cagoule, a réveillé les peurs de la tribu entière.

Lucas, le premier, qui ne peut retenir ni ses larmes ni sa vessie. Qui se dit qu'il l'a bien mérité. Que son père sera toujours le plus fort. Et qu'il faut bien qu'il paie ses mauvaises pensées. Et ce train électrique pour lequel il a tant ri et espéré si fort, qu'un jour, ce soit BG qui le remplace à ses côtés avec sa maman.

BG, qui fixe l'homme, les poings serrés, prêt à bondir. Dont le cerveau « circonvolutionne » à mille à l'heure pour tenter de trouver la parade, l'opportunité et l'angle d'intervention. Dont le seul souci est de protéger Lucas et Sandra, au péril de sa vie et de celle de ses amis, s'il le faut. Il s'est tant battu pour rien, tous ces mois, au fond des caves, qu'il serait peut-être temps, que cela lui serve.

Lo, qui commence à envisager à quel point Ivy a pété les plombs. Qui sait très bien, vu son gabarit, que, lui, ne pourra rien tenter. Mais qui voit déjà le merdier de tout ça, les traces qu'il faudra effacer. Ce que cela va couter. Comment, s'ils s'en sortent, tout sera à refaire. Un nouveau lieu, une nouvelle vie, de nouvelles lignes de codes pour assurer leurs arrières.

Sandra, tétanisée, qui broie la main de Lucas sans s'en apercevoir. Et s'imagine pourtant déjà la lâcher. C'est-à-dire se détacher de son fils, aller au devant de l'homme, se faire bouclier. Mettre son corps en avant. Comme elle l'a fait si souvent. S'interposer. Arriver à le toucher. Ne serait-ce qu'un bout de peau. Elle le connait si bien. Ce n'est qu'un homme.

Et puis il y a Ivy qui a parlé tant qu'elle a pu. Qui a tout raconté. Assise par terre. Ivy qui a tenté de gagner du temps et ce faisant, millimètre par millimètre, a bougé.

Subrepticement.

Ivy qui a acheté des Taser par paquets de douze. Qu'elle a caché partout dans la maison. Au cas où, quelque chose, un jour, tournerait mal. Ivy qui s'occupe seule d'entretenir leur nid douillet depuis le début et qui, seule, sait où ils se trouvent. Exactement là où est assis Lucas. Sous le dernier coussin du canapé. Si près en vérité Et encore si loin. Quand tout est tendu, l'air figé et le silence plombé, qui implose d'un coup. Parce qu'elle s'est arrêtée de parler et qu'elle voit bien que Serge T. va s'en agacer. Pour l'instant il réfléchit mais ça ne va pas durer. Ainsi tout est suspendu. Bizarrement.

Alors que l'aube éclot.

83

L'aube qui voit arriver les premières voitures de flics. Les flics, qui, dans un silence poisseux, se déploient partout autour de la maison. Et qui, à peine arrivés, sentent que quelque chose ne colle pas.

L'un d'eux a ramassé un sac de femme, au pied d'une voiture, pas fermée. Un sac contenant un triptyque inquiétant : une arme, un Taser et plusieurs seringues.

Un autre a reconnu et identifié un véhicule, garé dans la rue, comme étant celui d'une présumée victime. Rescapée de justesse et qui ne devrait pas se trouver là mais à l'hôpital.

Un troisième, enfin a pu s'approcher de la pièce principale, qui possède une baie vitrée, en passant par le jardin et a fait rapport d'un homme armé devant ce qui ressemble à une famille totalement asservie. Absolument pas ce à quoi les flics s'attendaient. Si tant est qu'en tant que flic, on puisse s'attendre toujours à trouver ce qu'on cherche.

En vérité, une femme qui se ferait appeler Ivy et qui aurait entrepris d'exercer sa propre justice. Et certainement pas une famille, encore moins un enfant, pris dans les filets de ce qui ressemble à un règlement de compte sauvage.

Un drôle de bilan qui bouge les paramètres et les oblige à repenser leur intervention quand soudainement, un coup de feu retentit à l'intérieur de la maison et précipite les choses.

…

Ou, une fois encore, il est question de savoir ce qui s'est réellement passé.

Alors que l'homme qui tenait l'arme est mort et que chacun des protagonistes autour de lui, s'accusera du meurtre, à tour de rôle, pendant tout le temps des interrogatoires. Même Lucas, surtout Lucas en fait. Le premier à dire *c'est de ma faute,* d'une voix pathétique quand les flics ont débarqué.

Lançant ainsi l'idée pour la tribu d'en faire tout autant. *C'est de ma faute*, une stratégie destinée à brouiller les pistes, laisser le temps à Ivy de pourvoir à son discours final, à retarder la vérité mais certainement pas à la faire capoter.

Il est évident pour tout le monde qu'Ivy est coupable mais il est évident aussi, que tout le monde se sent coupable. Pour différentes raisons et à différents niveaux.

La tribu entière est contente qu'Ivy ait eu le courage qui leur a manqué de réagir quand Serge T. d'un coup les a fait lever, en les menaçant ouvertement, de tous leur faire sauter la cervelle, en commençant par Lucas et Sandra.

L'homme avait déjà compris qu'il ne repartirait pas avec eux. Qu'il avait le mauvais rôle. Que tout le monde soutenait la grognasse qui lui avait fait l'affront.

D'un, de le séparer de sa famille, de deux, d'oser le mettre à terre et enfin de trois, d'avoir carrément voulu le tuer.

Ivy l'a compris et n'a pas hésité. Elle s'est jetée sur lui, avant que quiconque ne puisse réagir. Elle a retourné l'arme contre son agresseur et elle a fait feu. Comme si elle avait fait cela toute sa vie.

Exactement comme Leni en son temps, dans un autre genre. Sauf qu'Ivy, elle, avait appris. Réellement.

À tirer. À se battre. À se défendre.

Sans ne jamais le dire à personne.

D'abord pour se protéger. Plus tard pour être sûre de venir à bout de son plan.

C'est ainsi qu'elle les a sauvés et qu'ils l'ont soutenue. Pendant des heures, à répéter la même chose, *c'est de ma faute*.

Une sorte de mantra destiné à rendre fous les enquêteurs. À soutenir Lucas. À gagner du temps.

Et, surtout, à pardonner Ivy.

84

De : IEL@gmail.com
À : opinions@lemonde.fr
Objet : 7ème vidéo

Les mots, c'est la fin de la nuit.

Quand ils sont enfin posés, écrits noir sur blanc et qu'une pensée émerge.

Alors la nuit terrible, longue et sans espoir se termine. La porte du prisonnier s'ouvre et il peut courir. Dans la lumière. Loin devant lui.

Les mots, c'est la fin d'un monde.

Intérieur.

Qui trouve enfin une issue extérieure.

Qui réveille et guérit des cauchemars.

Maintenant les choses sérieuses peuvent commencer.

L'homme se remettre debout. Et agir. Ne plus subir. Agir. Aller là où le mal dresse des barricades d'avec l'amour. Aller là où les charognards doivent mourir. C'est le premier pas de la lutte.

Vous pouvez tous y faire quelque chose.

Il y aura des perdants. Des victimes.

Peut être le néant.

Mais tout le monde gagnera à la fin.

Le droit de renaitre. Le droit de vivre.

Encore quelques hommes et des femmes et des enfants. Au milieu des bêtes qui, elles, auront survécu.

Sauvages et vraies.

De toute leur béatitude.

N'hésitez-pas à partager mes vidéos.

Paris, Prison de la Santé,
Février 2022.

Signé « IEL »
à qui, toute sa vie,
il n'a manqué qu'un C.

Épilogue

Ils sont tous là. Derrière la grande porte. Les hauts murs. Les miradors. Venus l'attendre. Venus la chercher.

Réunis d'un bloc. Unanimes. Insécables. Comme la tribu qu'ils n'ont jamais cessé d'être.

BG et Lo, évidemment, le menton tremblant, des poches grandes comme des flaques d'eau sous les yeux, les poings serrés, la mâchoire contractée.

Entre eux, sur la même ligne, Sandra et le petit Lucas, arrimés l'un à l'autre, tête baissée. Tous unis par la même émotion. Le cœur en chaloupe. Les visages défaits.

Et juste derrière, des dizaines de personnes comme une seule entité. Une nouvelle tribu. Principalement des femmes. Des enfants. Et même des grand-mères. Statufiés dans un silence abyssal. Vêtus de couleurs sombres. Le parapluie ouvert sur une pluie fine, continue. Comme si le ciel lui-même compatissait à ce deuil.

Il y a même Nico. Surtout Nico. Seul, devant le cortège. Au premier plan. Comme pour affirmer son nouveau rôle de chef. Avec qui il faut compter à présent. Prêt à en découdre si d'aventure quelqu'un leur chercherait des noises.

Nico qui a manqué de s'étouffer, un soir de mars, il y a deux ans en regardant le journal de 20 heures, sur le grand écran plat du café, en bas de chez lui. Quand le portrait d'Ivy s'est affiché et que les premiers mots de l'histoire ont fait la Une des journaux pendant des semaines et des semaines.

Nico qui aurait pu rester planqué anonymement mais que la rencontre avec Ivy avait déjà partiellement déstabilisé.

Nico qui s'est rué sur son téléphone pour appeler sa mère et lui raconter ce qu'il savait. Sa part de l'histoire à lui. Avec elle. Qui s'est senti concerné, impliqué, sans comprendre pourquoi mais à l'instant même où l'affaire a éclaté. Un virage à 180 degrés. Conscient de n'avoir jamais rien affronté mais d'avoir toujours fui. Qui a vu là comme une occasion de se racheter peut-être. Aux yeux de son père, certainement. De sa mère et de V., aussi.

Qui ont fini par le rejoindre, à Paris.

Toutes les deux.

Et qui n'en sont toujours pas reparties.

Nico qui a décidé de contacter BG et Lo et d'apporter son soutien. De se battre. De comprendre. La justice d'un côté qui avait déjà condamné Ivy et le peuple de l'autre, divisé.

Pour une fois, prendre fait et cause. Afficher une couleur. Une croyance.

Oser porter le nom de son père. Fièrement.

Ce qui a donné l'impulsion à Lo de presque faire pareil en recontactant sa famille. En affrontant sa mère, contre toute attente pétrie de culpabilité et de soudoyer son père, fidèle à lui-même, toujours désireux d'étouffer le moindre débordement et scandale qui impliquerait son nom, sa réputation, sa fortune, l'avenir de son autre fils.

Un effet boule de neige cumulé. Qui a offert à Ivy l'opportunité d'un avocat à plusieurs chiffres avant la virgule. Une médiatisation d'ampleur nationale. Des investigations de folie. Beaucoup d'éléments à charge mais aucun témoin. Ni preuves concrètes.

Avec l'espoir d'une issue. Ou d'une peine courte.

Et pourquoi pas d'un non-lieu.

Ivy qui, dès le neuvième mois d'incarcération, s'est vue proposer l'écriture de son histoire par trois grandes maisons d'édition et qui les a toutes refusées. Laissant à Lo le soin de diffuser comme ils l'avaient décidé il y a longtemps leurs vidéos sur la Toile et autant de mini capsules qu'il serait nécessaire pour promouvoir le courage d'oser dire Non.

Un simple mouvement de tête, deux ans auparavant, au moment de se faire embarquer et Lo avait compris. Plus de cent mille vues le soir même de la première vidéo en ligne. Des kilomètres de commentaires et un partage qui s'étendait bien au-delà des limites de la France et de l'Europe.

Ivy qui n'en a jamais rien su ou si peu, qui a préféré utiliser ces presque vingt-quatre mois d'enfermement pour mettre noir sur blanc, à sa façon, le récit de sa vie sans attendre que vienne la date du procès. Et le grand déballage. Et la condamnation presque certaine.

Qui s'est tue pendant tout ce temps. Retranchée dans sa cellule. Derrière un mutisme exemplaire, héroïque ou lâche selon qu'on soit de ses partisans ou de ses détracteurs.

Ivy qui n'a rien voulu partager de son quotidien en prison. Qui a refusé tous les parloirs. Qui n'a plus revu aucun de ses amis. N'a même jamais ouvert aucun des courriers remplis de dessins que Lucas et sa mère confectionnaient pour elle.

Ivy qui a baissé les bras sitôt le point final écrit et s'est finalement donné la mort dans la nuit du 14 février 2022 en se cisaillant les veines avec un caillou plat, ramassé dans la cour de promenade. Caillou qu'elle avait dû aiguiser pendant des heures aux barreaux de sa cellule, histoire de ne pas faire la même erreur qu'à ses douze ans et d'être sûre de ne pas se rater.

Laissant une centaine de feuillets, écrits à la main, tout en minuscule, sous le titre « Matricule 2022 » quand bien même le sien était en réalité « 2856 ».

2022 ? Comme un ultime coup de poing à cette dernière année d'enfermement ? À ce énième anniversaire mortifère ?

À cette ultime injustice ?

Un texte d'une noirceur absolue dont s'est emparée la tribu sitôt l'enterrement terminé. Alors même, qu'une heure auparavant, ils étaient tous devant la porte de la prison à attendre qu'Ivy sorte pour son dernier voyage. Déjà couchée dans son cercueil.

Bien sûr, qu'ils leur revenaient la charge de réhabiliter Ivy. De ne pas laisser en l'état tant de mots bruts dont beaucoup de charognards auraient fait leurs choux gras. Sans distinction. Sans savoir lire entre les lignes.

Et même si, ici et là, chacun à leur façon, ils ont imprimé leur empreinte, le texte final, rendu à ce stade, n'est en rien une version apocryphe de l'originale.

Parce que, pour chacun d'entre eux, c'était l'évidence.

Ivy était une héroïne.

Pas une meurtrière.

Encore moins un matricule.

Mais une héroïne.

Peut-être enfin en paix, au côté de son mentor, Leni. Tous deux réconciliés dans leur foi. Leur volonté. Et leur humanité.

En hommage de qui, ils venaient de créer l'association « Ciel 2022 » censée reprendre tous les grands fléaux du monde à dénoncer, contre lesquels, l'âme d'Ivy, de millions d'autres Evan et de Leni s'étaient fracassées et se fracasseront encore.

Inexorablement.

Remerciements

Un roman flash, comme une évidence, écrit d'une traite, au premier trimestre 2022 qui m'a fait tomber dans la grande précarité de ce monde, de la vie, des hommes.

De ce qu'ils en font.

Heureusement qu'il y avait des bulles de bonheur, ici et là, pour me rappeler à sa beauté, à son amitié, à son entraide.

Évidemment et toujours et encore, merci à ma Tribu. La mienne. La vraie.

Vous tous, lectrices et lecteurs, blogueuses, blogueurs qui venez à moi en salon, par mail ou sur les réseaux, me dire combien vous aimez mes livres. Cette douce ivresse de croire qu'écrire peut faire du bien à autrui. Mettre ma pierre à l'édifice du beau.

La grande famille du noir, mais pas que… sur mon chemin à saluer mes pérégrinations littéraires.

Mon infatigable correctrice.

Mes bêta-lecteurs de compétition.

Celles et ceux qui ont servi de prête-nom à mes charognards alors même qu'ils sont tout le contraire.

Quoique !...

Mes absents, mes guides, mes muses si présents.

Comme d'habitude, on reste soudés et on ne se perd pas de vue… trop longtemps.

***

Je rends hommage
à ceux qui parlent au vent,
les fous d'amour, les visionnaires,
à ceux qui donneraient vie à un rêve.
Aux rejetés, aux exclus.
Aux hommes de cœur, à ceux qui persistent à
croire aux sentiments purs.
À ceux qui sont ridiculisés et jugés.
À ceux qui n'ont pas peur de dire ce qu'ils pensent
et qui n'abandonnent jamais.
Miguel de Cervantes

***

Tout est toujours sur mon site :
https://www.louvernet.com

...

Ou sur FB :
https://www.facebook.com/RomanLouVernet

...

Et même par mail :
louvernet67@gmail.com

Prenez soin de vous et de votre part d'IEL
qui, à sa façon, veut rendre le monde
plus beau, plus juste.
En tout cas moins sordide.

***

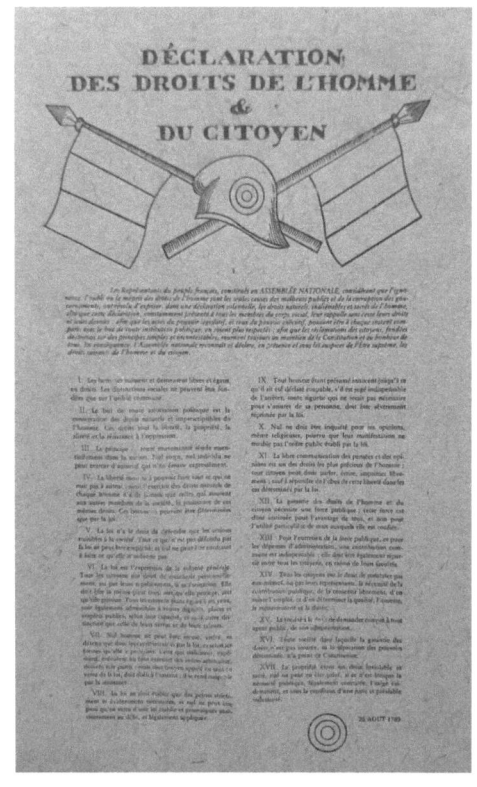